José Martí

LUCÍA JEREZ

edición de

Ivan A. Schulman

- STOCKCERO -

ii

Martí, José
    Lucía Jerez / edición literaria a cargo de: Ivan A. Schulman -
    1a ed. - Buenos Aires : Stock Cero, 2005.
    104 p. ; 23x15 cm.
    ISBN 987-1136-32-3

    1. Narrativa Cubana I. Schulman, Ivan, ed. lit. II. Título
    CDD Cu863.

Copyright Prefacio y Notas © Dr. Ivan A. Schulman
de esta edición © Stockcero 2005

1º edición: 2005
Stockcero
ISBN Nº 987-1136-32-3
Libro de Edición Argentina.

Hecho el depósito que prevé la ley 11.723.
Printed in the United States of America.

stockcero.com
Viamonte 1592 C1055ABD
Buenos Aires Argentina
54 11 4372 9322
stockcero@stockcero.com

José Martí

LUCÍA JEREZ

EL TEXTO DE LA NOVELA ES EL DE LA EDICION DE
MAURICIO NUÑEZ RODRIGUEZ,
CENTRO DE ESTUDIOS MARTIANOS, LA HABANA, CUBA.

LA BIBLIOGRAFIA AL FINAL PARA LOS DETALLES
BIBLIOGRAFICOS DE ESTA EDICION. (IAS)

Abreviaturas y siglas utilizadas en las notas
CEM: Centro de Estudios Martianos
ELA: El Latino-Americano
OC: Obras completas
Ms.: manuscritos
A cont.: a continuación

A ADELAIDA BARALT

De una novela sin arte
La comisión ahí le envío:
¡Bien haya el pecado mío,
Ya que a Vd. le deja parte!

Cincuenta y cinco fue el precio:
La quinta es de Vd.: la quinta
de cincuenta y cinco, pinta
Once, si yo no soy necio

Para alivio de desgracias
¡Sea!: de lo que yo no quiero
Aliviarme es del sincero
Deber de darle las gracias.

José Martí

Indice

LUCIA JEREZ:
UNA NOVELA DE LA MODERNIDAD DECIMONÓNICA

Historia de una novela

Con el término despreciativo de "noveluca" se refirió Martí a su única novela, la que tituló originalmente Amistad funesta:

> Quien ha escrito esta noveluca jamás había escrito otra antes, lo que de sobra conocerá el lector sin necesidad de este proemio[1], ni escribirá probablemente otra después. En una hora de desocupación, le tentó una oferta de esta clase de trabajo: y como el autor es persona trabajadora, recordó un suceso acontecido en la América del Sur en aquellos días, que pudiera ser base para la novela hispanoamericana que se deseaba...(18 191)[2].

"La novela que se deseaba" debía tener, según las pautas establecidas por el director de El Latino-Americano, revista neoyorquina donde se iba a publicar: "...mucho amor; alguna muerte; muchas muchachas, ninguna pasión pecaminosa; y nada que no fuese del mayor agrado de los padres de familia y de los señores sacerdotes. Y había de ser hispanoamericana" (18 192). A Martí le parecía punto menos que imposible crear una obra de arte con los requisitos y las limitaciones impuestos por el director, y en el mismo prólogo se expresó al respecto con un dejo de mordacidad humorística : "Yo quisiera ver al valiente que saca de los [palabra inteligible en el manuscrito] una novela buena" (18 192). Y, sin embargo, como veremos, Martí, sin darse cuenta de la novedad del estilo y del discurso[3] de su obra (conjetura nuestra), logró crear

---

1   Estas son algunas de las declaraciones pertenecientes a un corto prólogo trunco que escribió Martí para una segunda edición de la novela, la que nunca vio la luz. Es en este prólogo donde cambia el título de su novela, publicada originalmente como Amistad funesta, a Lucía Jerez.

2   A menos que se indique lo contrario, las citas martianas son de Obras, Ed. Nacional. Utilizamos la sigla T para las citas provenientes de Obras de Martí de la Editorial Trópico, y E para el Epistolario.

3   Sobre esta cuestión, v. Tamargo, 117: "En este texto, cuyo rasgo más intersantes es el carácter de experimentación y cuestionamiento frente a la novela misma, se notan el rechazo de la mera copia realista y el constante esfuerzo innovador de su autor".

una de las primeras y más significativas novelas modernistas cuyo texto, todavía hoy, fascina y perturba a muchos lectores, y entre los críticos suscita, controversias respecto a su "mensaje" en aproximaciones críticas variadas y, en algunos casos, desorientadas[4]. El autor mismo, con una visión crítica y autorreflexiva que prefigura las ideas modernas y postmodernas sobre el arte literario, reflexionó sobre las limitaciones de la creación narrativa, en especial, "…el carácter problemático del arte…al plantear sus lazos contradictorios con la verdad…la política…" (Zanetti 184), y las paradojas generadas por las contradicciones generadas por la cultura de la modernidad[5].

El director de EL LATINO-AMERICANO no le pidió esta obra a Martí, sino a una amiga suya, Adelaida Baralt, quien a la sazón escribía para la revista. Pero, por razones que desconocemos, ella se sintió incapaz de cumplir con la comisión del redactor y le traspasó el encargo a Martí quien lo aceptó en un momento de crisis emocional. Fue el año de 1885; hacía poco que, con dolor, pero con convicción política y rectitud moral se había separado de los planes Gómez-Maceo[6] para la invasión y liberación de Cuba, pues descubrió en los generales pretensiones caudillistas y militaristas ajenas al concepto martiano de la nación.

> …[V]i —le escribió con reservación a su amigo mexicano, Manuel Mercado— que por torpeza e interés, los jefes…no tenían aquella cordialidad de miras, aquel olvido de la propia persona, aquel pensar exclusivo y previsto en el bien patrio….¿Ni a qué echar abajo la tiranía ajena, para poner en su lugar, con todos los prestigios del triunfo, la propia? (E 1 285)

Si insistimos en esta nota autobiográfica y en la indeclinable posición ética de Martí respecto a la liberación de su patria, proyecto al cual desde su juventud hizo la decisión de dedicar su vida, es porque la ideología revolucionaria de Martí junto con sus ideas sobre la modernización socioeconómica finisecular, se insertan en la voz de los personajes (principalmente en la de Juan Jerez) y en la del narrador de su novela.

La novela, según nos cuenta Martí, la terminó en siete días: "[el autor] …sin alarde de trama ni plan seguro, dejó rasguear la péñola, durante siete días, interrumpido a cada instante por otros quehaceres…". Y, terminada, se publicó por entregas, nueve en total, entre el 15 de mayo y el 15 de setiembre de 1885 con la firma de "Adelaida Ral"[7]. El editor pagó la exigua suma

4 Decir que son "desorientadas" parece sugerir un concepto prescriptivo, o al menos unidimensional. No es nuestra intención ir por ese camino. Pero tampoco deben los lectores y los críticos desfigurar el texto con afirmaciones cuya base no justifica el discurso narrativo en cuestión. Como ejemplo de una aproximación "desorientada" v, por ejemplo, el ensayo de Masiello, en especial sus observaciones sobre la interacción de Lucía, Ana y Juan. En cambio, la lectua de Zanetti, muy original, muy sensible, señala dimensiones novedosas, todas ellas basadas en el análisis cuidadoso del texto martiano.
5 "Lucía Jerez—afirma Zanetti—integra el amplio *corpus* de novelas cuya marca signirficativa procede, sobretodo, de los desajustes que la acelerada modernización produjo en América Latina a fin del siglo XIX." (187).
6 La ruptura ocurre en el mes de octubre de 1884. En 1885 su mujer e hijo lo abandonan en Nueva York y vuelven a Cuba.
7 No se reveló la identidad del seudónimo hasta 1911 cuando la novela salió publicada en la primera edición de las obras martianas.

de cincuenta y cinco dólares por el manuscrito, una porción de la cual Martí
le entregó a Adelaida Baralt junto con unas galantes y leves redondillas:

A ADELAIDA BARALT
    De una novela sin arte
    La comisión ahí le envío:
    ¡Bien haya el pecado mío,
    Ya que a Vd. le deja parte!

    Cincuenta y cinco fue el precio:
    La quinta es de Vd.: la quinta
    De cincuenta y cinco, pinta
    Once, si yo no soy necio.

    Para alivio de desgracias
    ¡Sea! De lo que yo no quiero
    Aliviarme es del sincero
    Deber de darle las gracias.
                                          José Martí

Como tantos otras novelas modernistas y vanguardistas de América, la de
Martí tardó mucho en aparecer en forma de libro con el nombre de su autor.
No fue sino hasta 1911 que LUCÍA JEREZ vio la luz como uno de los volúmenes de la primera edición de las obras martianas[8]. Las editó Gonzalo de Quesada y Aróstegui, secretario de Martí, quien descubrió los recortes de las entregas de EL LATINO-AMERICANO con correcciones de Martí en la oficina del
cubano en Nueva York :

> …un día —cuenta Quesada— en que arreglábamos papeles …en 120
> Front Street —convertida, en aquel entonces, en centro del Partido Re-
> volucionario Cubano y redacción y administración del diario Patria— di
> con unas páginas sueltas de El Latino-Americano, aquí y allá corregidas
> por Martí, y exclamé al revisarlas: < ¿Qué es esto, Maestro? > <Nada —
> contestó cariñosamente— recuerdos de épocas de luchas y tristezas, pero
> guárdelas para otra ocasión. En este momento debemos sólo pensar en
> la obra magna, la única digna: la de hacer la independencia> (18 187).

Entre 1885 y 1911 hubo un vacío absoluto respecto al conocimiento de
este texto; luego, entre su primera edición y 1953 recibió poca atención crítica, pues los críticos no se fijaron en los valores estéticos de la narración, sino
en el argumento, y concluyeron que se trataba de una novela de trama trivial.

---

8   OBRAS DEL MAESTRO, Leipzig: Breiktopf und Haertel, 1900-1919, 15 vols. Se publicó, sin em-
     bargo, con el título AMISTAD FUNESTA.

Pero, en 1953, en el Congreso de Escritores Martianos (La Habana, Cuba) Enrique Anderson Imbert dio el primer paso en la relectura moderna de la obra con una ponencia en que, por primera vez, se estudió la novedad estilística y los valores modernistas de la novela[9]. Y, desde entonces el discurso crítico en torno a la novela se transformó, en parte como consecuencia de los replanteamientos en la década de los cincuenta del concepto del modernismo y de la modernidad hispanoamericanos, en parte, como atinadamente ha observado Mauricio Núñez, por "...el hecho de que muchas de las problemáticas sociales que aparecen en el texto como subtemas, estratos de sentidos secundarios —no por eso menos importantes—, aún se mantengan latentes en nuestros países" ("Prólogo" 16).

En la historia de la estimativa de esta novela hay varias fechas claves. La primera, y por supuesto la más importante, es la fecha de su composición. La siguiente es la de la recuperación de la novela y su presentación como obra martiana por Gonzalo de Quesada en la primera edición de las OBRAS del Maestro. Pero, en términos de la revaloración moderna, la primera fecha trascendente es la de 1953, año de la relectura de Anderson —"una investigación-rescate" como anota Núñez ("Prólogo" 6). La siguiente fecha significativa en la historia crítica de LUCÍA JEREZ es la edición de la novela preparada por Manuel Pedro González, y publicada en España por la Editorial Gredos (1969) con el fin de impulsar la circulación de este texto, injustamente arrinconado y desconocido por el público general y por los críticos de la literatura hispánica. La importancia de la edición de Manuel Pedro González no estriba tanto en la atención prestada por el editor a la autenticidad del texto de la novela como al estudio crítico de la novela. Otra fecha clave es la edición de Carlos Javier Morales (1994) con un prólogo extenso y detallado. Y, por último, la publicación de la edición crítica preparada por Mauricio Núñez, investigador del Centro de Estudios Martianos quien en 1997, en una publicación de la Editorial Letras Cubanas, adelantó gran parte del prólogo de la edición crítica de 2000.

En la edición crítica de Núñez, por primera vez se coteja el texto de la novela —editada y retocada durante muchos años sin criterio textual científico— con la primera versión aparecida en EL LATINO-AMERICANO. Los números de esta publicación periódica, "perdidos" durante años y encontrados recientemente en las bibliotecas de Nueva York y de la ciudad de México por dos investigadores del Centro,

> ...permite[n]—señala Núñez— investigar la naturaleza del contexto literario, cultural y social específico donde apareció la novela martiana y el lugar que ocupa en este espacio. Además, da la posibilidad de precisar detalles sobre la obra que se desconocían (como, por ejemplo, la fecha exacta de su aparición). Y, sobre todo, brinda el material idóneo

---

9   La comunicación se publicó posteriormente en la memoria del congreso: "La prosa poética de José Martí. A propósito de AMISTAD FUNESTA, MEMORIA DEL CONGRESO DE ESCRITORES MARTIANOS, La Habana, 1953, 570-616.

para realizar un cotejo textual y estilístico entre la primera versión publicada y la que ha llegado a nuestro días en las Obras completas con el objetivo de lograr un texto definitivo de Amistad funesta lo más completo posible ("Prólogo" 8-9).

Núñez, en las notas del texto, incluye todas las variantes encontradas en los números correspondientes de EL LATINO-AMERICANO, pero opta por preferir como texto-base "…la versión de Quesada y Aróstegui pensando que es más fiel a los cambios que el autor decidió, es decir, la más cercana al estilo martiano" (38). El estudio y la reconstrucción de este texto clave de la obra martiana forma parte del proyecto ambicioso —en proceso— del Centro de Estudios Martianos de producir una edición crítica de los textos dispersos de Martí, corrigiendo los ya conocidos, agregando muchos inéditos, y cotejando todos con los manuscritos o con las versiones publicadas originalmente en periódicos, revistas o ediciones príncipes.

En la preparación de nuestra edición utilizamos como texto-base el de Núñez, pero, como no sabemos si Quesada, al publicar la primera versión de la novela siguió con absoluta fidelidad las correcciones introducidas por Martí en los recortes de las entregas que Quesada encontró en la oficina de Front Street, recomendamos que el lector se fije en las variantes de las notas al pie de las páginas que documentan la versión aparecida en las columnas de EL LATINO-AMERICANO[10].

10   Nuestra suspicacia a este respecto se basa en el estudio de los manuscritos de los VERSOS LIBRES de Martí y su cotejo con las edición príncipe preparada por Quesada con la colaboración de Aurelia Castillo. V. mi edición de los VERSOS LIBRES sobre esta cuestión.
En un nota electrónica Mauricio Núñez me envió los siguientes datos respecto a la versión de Gonzalo de Quesada:
Gonzalo de Quesada publicó por primera vez la novela a partir de los ejemplares tachados por Martí que halló en la oficina de 120 Front Street. Me parece que necesariamente tuvo que incorporar los arreglos pues según él mismo expresó encontró zonas tachadas y añadidos al margen por lo que decidió incorporar las correcciones. Además quiso terminar el trabajo de edición tal y como pensaba hacerlo su autor. LOS EJEMPLARES TACHADOS NO SE CONSERVAN. El hijo de Gonzalo de Quesada (Gonzalito) le expresó a un investigador que nunca había visto tales ejemplares (así lo cito en la breve introducción a la edición crítica) y que tampoco conocía su destino. Y éste heredó todos los materiales que su padre atesoraba. Actualmente, todos los documentos originales se guardan en bóvedas refrigeradas en el Archivo del Consejo de Estado en la calle Línea, muy cerca del Centro de Estudios Martianos. Allí sí está la hoja manuscrita del prólogo inconcluso con sus respectivas tachaduras y anotaciones al margen. Fue muy interesante realizar el cotejo por este original, pero los ejemplares tachados del periódico allí no están ni tampoco en la Biblioteca Nacional donde están otros documentos. Me inclino a pensar que sí incorporó Gonzalo de Quesada las correcciones por las diferencias detectadas en el cotejo. Y teniendo en cuenta la seriedad, fidelidad y el rigor que demostró no creo que haya decidido incorporar a su juicio algunas modificaciones no señaladas por el autor. Los investigadores de la Edición crítica (mi antiguo grupo de trabajo) que trabajan con frecuencia los manuscritos originales confían mucho en la labor de Quesada y Aróstegui. (El énfasis es nuestro).
Debido a nuestras investigaciones sobre los VERSOS LIBRES , el estudio de los manuscritos de este poemario y el proceso de la producción de la primera versión—sin la necesaria atención a las variantes de las hojas manuscritas— por parte de Gonzalo de Quesada y Aróstegui, nuestra confianza es muy limitada respecto a la producción de la primera versión en forma de libro de LUCÍA JEREZ. De hecho, en el prólogo a la primera edición de la novela Gonzalo de Quesada alude a la existencia de las " páginas suletas de "El Latino Americano", aquí y allá corregidas por Martí…" (v), pero no aclara el proceso de la producción textual.

MARTÍ Y LA NOVELA DEL XIX

Tres años antes de publicar su novela, Martí, en una carta a su hermana Amelia expresa su desdén por la novela como género literario: "No creas, mi hermosa Amelia, en que los cariños que pintan en las novelas vulgares, y *apenas hay novela que no lo sea*, por escritores que escriben novelas porque no son capaces de escribir cosas más altas —copian realmente la vida, ni son ley de ella" (el énfasis es nuestro; E 1 224). Los conceptos expresados por el hermano giran en torno al tema de amor —uno de los temas principales impuestos por el director de EL LATINO-AMERICANO— y lo que escribe a su hermana prefigura la ruptura posterior y definitiva de su propio hogar:

> Una mujer joven, que ve escrito que el amor de todas las heroínas de sus libros, o el de sus amigas que lo han leído como ella, empieza a modo de relámpago, con un poder devastador y eléctrico —supone, cuando siente la primera dulce simpatía amorosa, que le tocó a su vez en el juego humano, y que su afecto ha de tener las mismas formas, rapidez e intensidad de esos afectillos de librejo, escritos…por gentes incapaces de poner remedio a las tremendas amarguras que origina su modo convencional e irreflexivo de describir pasiones que no existen, o existen de una manera diferente de aquella con que las describen. (E 1 224).

Las amonestaciones martianas, el "médico de almas" (E 1 224), se coaligan en naturaleza con los conceptos expresados en el proemio de LUCÍA JEREZ donde declara que "…él [el novelista] bien sabe por dónde va, profundo como un bisturí y útil como un médico, la *novela moderna*". Y a continuación agrega:

El género no le place, sin embargo, porque hay mucho que fingir en él, y los goces de la creación artística no compensan *el dolor de moverse en una ficción prolongada; con diálogos que nunca se han oído, entre personas que no han vivido jamás*. (el énfasis es nuestro; 18 192)

En el mismo prólogo declara que le desagrada la boga contemporánea del realismo exagerado, escuela literaria carente de un contrabalanceado idealismo redentor, sobre todo, en las creaciones naturalistas del noveciento. Y lamenta la exigüidad de obras inspiradoras —imaginativas— en lugar de la escritura imperante del momento en que "no es dado tender a nada serio". Los conceptos claves de lo serio y lo imaginativo se entrecruzan para constituir un segundo precepto. Una vez sentada su preferencia por el cultivo de novelas de peso —lo serio—, invoca y une al concepto de lo serio el de la imaginación, producto del visionario luchador quien— contra las interdicciones del editor— quisiera —"…levantar el espíritu del público con hazañas de caballeros y de héroes". Pero éstas observa, desgraciadamente son "…personas muy fuera de lo real y del buen gusto" (18 192) en la narrativa "moderna" y popular del XIX. En resumidas cuentas, su preferencia es por un espíritu libertador, imprescindible en los "tiempos llanos"— metáfora que maneja para aludir al mercantislismo y materialismo del proceso de la modernización económica de su época, el cual, como estrategia contradiscursiva requiere la producción de una literatura de combate. El hombre moderno —apunta— atraviesa por un período de transición lleno de afiebradas mutaciones y de nivelaciones sociopolíticas: "La trascendencia está ahora en los laboratorios de todos…¡Ahora las profecías vienen de abajo!" Y la "vida libre", la de su época, concluye, "ha de crear una expresión digna del combate intenso, en que batallan juntos los gusanos y las águilas" (T 69 178).

El apasionado revolucionario político y literario, se sentía culpable por haber producido LUCÍA JEREZ, pues creía que su novela carecía de la convergencia de "los gusanos y las águilas". Por consiguiente, prometió no cultivar más la novela (18 192). Y, efectivamente, no volvió a escribir otra.

✻   ✻   ✻   ✻

En el discurso crítico sobre la obra martiana se suele afirmar —y con razón, si sólo se toma en cuenta el prólogo inconcluso de LUCÍA JEREZ— que la posición de Martí respecto de la novela era terminantemente negativa. Y, como en ese prólogo Martí sólo se ocupa de los aspectos argumentales e ideológicos de la narrativa —la suya y la del siglo XIX—, durante muchos años los críticos pasaron por alto la estructura de su novela, sus valores estilísticos, el análisis sicológico de los personajes, y sobre todo la construcción de los femeninos. En vista de que hicieron caso omiso de los valores formales y estéticos de la novela, se consideraba que era una obra de segunda importancia en comparación con los tres libros de sus versos originales (ISMAELILLO, VERSOS LIBRES, VERSOS SENCILLOS) o las crónicas sobre Cuba, Estados Unidos y Europa.

Sin embargo, la lectura cuidadosa de sus comentarios sobre la narrativa, en especial ciertas declaraciones sobre la novela, y el arte de novelar, revelan serias discrepancias entre la teoría —sobre todo la expresada en el prólogo a LUCÍA JEREZ— y la praxis y, por eso, creemos que se tiene que revalorar las ideas martianas sobre la novela como género literario, y matizar los conceptos tradicionalmente formulados sobre ella[11]. Algunas de las contradicciones entre teoría y praxis se deben a las anomalías y los desencuentros de la paradójica cultura de la modernidad cuyos vínculos con la novela son de singular trascendencia. Baste notar a modo de ejemplo, que Martí confiesa que en la escritura de LUCÍA JEREZ le dolía moverse en una ficción prolongada con diálogos inventados y con personas que no han vivido, y luego, en el mismo proemio señala que "Ana ha vivido, Adela también….Pero no a Sol ni a Lucía ha

---

11   V. al respecto a esta labora revisionista, el capítulo de Schulman, RELECTURAS MARTIANAS…, "La narración fictiva: reconsideraciones sobre Martí y la novela moderna", 32-43.

conocido de cerca el autor. A don Manuel, sí, y a Manuelillo y a doña Andrea así como a la propia directora" (18 192). Y, aunque se queja de las invenciones narrativas que le desagradan, declara que la trama de su novela no es inventada: está enraizada en la realidad hispanoamericana, es decir, basada en un "…suceso acontecido en la América del Sur en aquellos días…" (18 191).

En torno a la cuestión de la valoración de LucÍA JEREZ y el lugar del género novelístico en la extensa *"mina"* martiana, término que utilizó Gabriela Mistral para referirse a la abundante y sugerente obra de Martí, se debe tomar en cuenta la presencia de dos escritos narrativos posteriores a LucÍA JEREZ, los cuales sugieren la presencia de una fascinación —¿inconsciente?— con las creaciones narrativas. Nos referimos a las novelas CALLED BACK (MISTERIO) de Hugh Conway (1886) y RAMONA de Helen Hunt Jackson[12]. Se trata de dos traducciones martianas que a nuestro juicio, sobre todo en el caso de RAMONA, deben leerse como trans/textos, es decir, como creaciones de otros escritores, las cuales, mediante el proceso de la traducción se trans/forman y se insertan en el arte literario martiano, más que nada por los conceptos morales que el cubano descubrió en ellas, y por su carácter de literatura combativa, la que Martí prefería y deseaba cultivar. Cuando hablamos de trans/textos aludimos al proceso de traducir que involucra la labor de *transferir*, crear un nuevo texto en el cual el traductor no sólo viste lo otro —es decir, la obra original— de signos lingüísticos de una cultura distinta —la suya— y se apropia del ideario de otra persona, sino porque en el proceso, el intermediario — el traductor— transfiere concepciones estéticas e ideológicas en el nuevo texto (el traducido), las cuales, quiéralo o no, se funden con las suyas.

Así en el caso de las traducciones martianas de estas dos novelas. RAMONA, por ejemplo, es un texto de Helen Hunt Jackson que nace de un deseo de redimir a los indios mexicanos del estado de California (Estados Unidos). Es un texto, como muchos entre las crónicas martianas, en que la problemática de la modernidad se plantea en términos de la tensión entre el pasado y el presente. En RAMONA somos testigos de la pérdida de valores morales y del choque entre divergentes sistemas sociales y económicos. Los antiguos de California, bajo el gobierno de México, habían entrado en decadencia: la vida pastoral de los caballeros y terratenientes mexicanos, la obra de las Misiones de la Iglesia Católica, y la vida comunal de los pueblos indios que ocupaban terrenos otorgados bajo la ley californiana/mexianana, definidos a veces, por pactos y arreglos orales. Martí que en el proemio de LucÍA JEREZ había rechazado los valores fictivos de las creaciones novelísticas, amén de las convenciones de la novela naturalista, alabó y tradujo con pasión la novela combativa de Helen Hunt Jackson en pro del indio, creando en el proceso un trans/texto de utilidad, bella e idealista. Sin duda, vio en la obra de Jackson

---

12   Para una discusión detallada de estas obras y su significado en el canon martiano, v. el capítulo nuestro "La narración fictiva: reconsideraciones sobre Martí y la novela moderna" en RELECTURAS MARTIANAS…

un ejemplo de cómo el género novelístico puede transformarse en una literatura de poder, en arma de combate social. Y, como consecuencia, sus ideas sobre la novela sufren una transformación.

En vista de esta metamorfosis, y considerando, que el género narrativo no desaparece del todo de la obra martiana después de LUCÍA JEREZ, nos parece apropiado replantear —y modificar— los tradicionales conceptos críticos respecto a las ideas martianas en torno a la novela (v. Schulman 36-42). Además, en este asunto es indispensable comparar las afirmaciones del modernista cubano respecto a lo fictivo y lo falso de los parlamentos novelísticos, y su extraordinaria capacidad por el retrato sicológico. En un cuaderno de apuntes de 1894, hay tres párrafos de texto marcados por Martí al final: "párrafo de novela donde se evidencia el talento analítico y la técnica autorreflexiva — presentes ambos en LUCÍA JEREZ— que se darán como constantes en las novelas del vanguardismo hispanoamericano de principios del siglo XX. Son fragmentos escritos en 1894 que no sólo revelan una capacidad descriptiva sino una seducción por la narrativa que desmienta su rechazo del género expresado en el prólogo inconcluso de LUCÍA JEREZ:

> La honradez y la independencia de carácter me han traído adonde estoy, y con ellas me he de mantener, y he de caer con ellas; porque no vale conservarse el puesto donde no se puede estar sin prescindir de ellas.
>
> Llevo en el corazón todas las palabras de cariño, y la menor muestra de adhesión y ternura, que he recibido hasta hoy, y la injusticia misma, la codicia, la ofensa de los que me honraron con ellas no las borrará de mi memoria; ni me emancipará de mi deuda de agradecimiento; pero consideraría un robo pagar estas deudas privadas con los caudales públicos, y envilecer el carácter de los empleos de la nación hasta convertirlos en agencia del poder personal, y en paga de servicios propios con dinero ajeno. Ni puede un hombre considerar como su amigo a quien, , directa o indirectamente, pidiendo el encomio de otros días le pide que falte a su deber, y ponga su interés por sobre el de la nación.
>
> Yo conozco de veras, sin necesidad de hincapiés ni recomendaciones, las capacidades y méritos de mis amigos, y de los que no piensan como yo; y de entre unos y otros escogeré los servidores del país, sin olvidar a quien por su valer tenga derecho a servirlo, ni ceder al cariño de un lado o la amenaza tácita de otro. [sic]. (21 407-8)

Estamos persuadidos que es posible conjeturar que las trans/textualizaciones elaboradas después de AMISTAD FUNESTA/LUCÍA JEREZ le hayan sugerido al escritor revolucionario que la novela tenía la posibilidad de levantar el espíritu público y ser un instrumento poderoso de transformación social.

FICCIÓN Y REALIDAD

Los lectores familiarizados con la vida martiana, reconocerán muchos paralelismos entre el discurso de LUCÍA JEREZ y su vida y obra; verán en la novela reflejos autobiográficos, nexos que el mismo autor sugirió en relación con la trama y los personajes. De los estudiosos que se han ocupado de la novela, Manuel Pedro González es el que más ha precisado estas conexiones:

"En cuanto a caracteres, carece del tiempo necesario para imaginarlos y desarrollarlos adecuadamente. Acude, pues a su experiencia vital y 'copia' los más cercanos y mejor conocidos: sus propios familiares, y algunos amigos que ocuparon lugar importante en sus afectos" (42). Y, basándose en este criterio conjetural, establece las siguientes correspondencias:

LUCÍA: la esposa (Carmen Zayas Bazán);
ANA: Ana, su hermana favorita;
SOL DEL VALLE: María García Granados, la Niña de Guatemala;
MANUEL DEL VALLE y DOÑA ANDREA: los padres de Martí: Mariano Martí y Leonor Pérez de Martí;
ADELA: "probablemente otra hermana de Martí";
PEDRO REAL: "...es difícil encontrarle un modelo determinado..." (46);
KELEFFY: el reflejo de la desgracia matrimonial de Martí. (42-46)

El esquema de González sugiere la operación de un realismo en la creación de los personajes, es decir la transferencia de hechos y circunstancias personales retextualizados e insertos en su novela. La cuestión del realismo en el proceso creador martiano, se ha debatido, pues el mismo Martí, sobre todo de joven, con frecuencia se pronunció en contra del realismo —léase "naturalismo"— de la novela moderna. Pero, con los años modificó su posición y llegó a defender la noción de un realismo que no fuera el burdo del naturalismo, o sea, aprobó la cultivación de lo que Roberto Fernández Retamar ha descrito como "un realismo creador, de alto vuelo" ("NUESTRA AMÉRICA"... 21): la literatura "factual", por ejemplo, de las crónicas norteamericanas, de corte épico en cuya elaboración recoge visiones suyas o virtuales. Por lo tanto, no es nada sorprendente que el arte realista se funda con el arte modernista en su novela[13]. El mismo Martí, en el prólogo de LUCÍA JEREZ, escrita en la etapa de su madurez artística, confiesa, sin abundante aclaración, que ha reconsiderado la cuestión del realismo en la creación moderna y "avergonzado, pide excusa". Se excusa porque "ya sabe bien por dónde va, profundo como un bisturí y útil como un médico, la novela moderna". En conformidad con esta re-visión, la obra que produce es el prototipo de la novela moderna hispanoamericana: la visión de un escritor revolucionario que discir-

---

13 El ciclo de las novelas modernistas en América se produce en el mismo espacio cronológico (1880-1918) que las realistas y naturalistas. Y, en muchas de las narraciones modernistas los tres "estilos" están presentes y/o se funden.

nió entre las transformaciones materialistas y los desencuentros y contradicciones de la modernidad una realidad alternativa —espiritual y lírica— frente a un mundo desarticulado en estado de transformación, pero sin "altares
nuevos", sin un centro — percepción perturbadora y a veces apocalíptica que
el narrador presenta en forma metafórica. De ahí, (y sin querer avanzar los
argumentos del último apartado de este prólogo), la conclusión violenta de
la novela que muchos consideran melodramática, pero que debe leerse como
un acto lógico inserto en un texto que explora las dimensiones y consecuencias del proceso modernizador decimonónico.

En la evolución del universo martiano el realismo "factual", reflejo de la
modernidad en curso y producto de su estancia en los Estados Unidos crea en
el artista el deseo de "recoger toda la savia de la vida, y darla a gustar en un
vaso ciclópeo" (18 291), tentativa que se textualiza en forma miniaturista en su
única novela[14]. Las lacras, pero sobre todo el acelerado ritmo y la aterradora
violencia acosaban su memoria como se evidencia, en otro texto en el cual
transforma una noticia telegráfica en un poema —"El padre suizo" de sus VER-
SOS LIBRES: "El Miércoles por la noche, cerca de París, condado de Logan, un
suizo llamado Edward Schwerzmann, llevó a sus tres hijos…al borde de un
pozo, y los echó en el pozo y él se echó tras ellos". Y en los versos que dedica
a este suceso trágico leemos que el acto fue de un "¡Padre sublime, espíritu
supremo/ Que por salvar los delicados hombros/ de sus hijuelos, de la carga
dura/ De la vida sin fe, sin patria…" (Schulman, VERSOS LIBRES 73-4)[15].

En la obra martiana, y desde luego, en LUCÍA JEREZ abundan los motivos
contradiscursivos frente a los ideologemas modernos. La disconformidad
martiana se socializa vía un arte que revela las tensiones de una escritura con-
trahegemónica enfrentada con las normas de la naciente modernidad. Esta
colisión de valores se patentiza en la batalla entre las realidades de la existencia moderna —las que para Martí constituyen la "novela verdadera"— y los
estrechos y desfiguradores moldes de la ficción coetánea. Sobre esta dicotomía de ficción y realidad, en relación con la novela de Hugh Conway que
Martí tradujo al español, el cubano observó que cuando se tocaba el fin del
libro, "[comenzaba] *la novela verdadera, que ningún corazón joven ni hombre
moderno leerán sin entusiasmo*" (24 40; el énfasis es nuestro). La narración del
arte literario y la narración de la realidad social se funden y coexisten en un
solo texto que metaforiza la vida moderna.

---

14 En unas notas fragmentarias, sin fecha, expresa su deseo de textualizar "el jugo del mundo",
    en especial, el poema de su tiempo: "fábricas, industrias, males y grandezas peculiares: trans-
    formación del mundo antiguo y preparación del nuevo mundo" (18 291)
15 A pesar de su fe revolucionaria, en LUCÍA JEREZ, Juan, el alter ego del novelista, revela una vi-
    sión pesimista de la vida: "Yo he vivido poco:—dice a Lucía—pero tengo miedo de vivir y sé
    lo que es, porque veo a los vivos. Me parece que todos están manchados…Siento a veces una
    melancolía dolorosa." (117).

ESTRUCTURA Y ESTILO

LUCÍA JEREZ revela, y a la vez confirma, la capacidad martiana de futuridad, pues escrita en 1885, esta novela anticipa algunas de las características de la novela moderna, sobre todo, la vanguardista. La novela martiana es una de las primeras novelas modernistas[16]. Pero, en ella, se descubre una autorreflexividad, y el sondeo del interior del sujeto moderno que vendrán a constituir la norma del discurso de las narraciones vanguardistas. En ellas, con la intención fictiva de "desconstruir" la realidad dominante, se produce una fuga de las realidades factuales de una sociedad en trance de modernizarse cuyos intereses hegemónicos eran la industria, el comercio, las posesiones materiales, y el ascenso social. Con esta tentativa contracultural, no siempre ejecutada con éxito, se plantea un concepto alternativo de la realidad, como se evidencia en la representación de las realidades conflictivas y eventualmente trágicas de LUCÍA JEREZ.

La naturaleza experimental de esta novela, como la de otras novelas modernistas, ha sido opacada por su decepcionante barniz romántico. Sin embargo, su estructura, examinada de modo sistemático, se aproxima a la de las primeras novelas de la vanguardia, más de lo que podría aparecer en primera instancia. Es, ante todo, una novela poética, compuesta en lo que podríamos llamar largas estrofas o secuencias, con movimientos espaciales y una organización estructural impulsada por el repetido uso simbólico de la magnolia. Con ella se inicia la narración: "Una frondosa magnolia, podada por el jardinero de la casa con manos demasiado académicas, cubría aquel domingo por la mañana con su sombra a los familiares de la casa de Lucía Jerez" (49). Pero, a pesar de que la obra se divide en tres capítulos, dentro de ellos el narrador utiliza la imagen de la magnolia para efectuar una transición de escenario o de tema. Por lo tanto, en el Capítulo III, cambiamos abruptamente de tema mediante la vuelta a "nuestra magnolia": " Dos amigas están sentadas a la sombra de la magnolia, nuestra antigua conocida(113)." Y, más adelante, se anima la magnolia, y cómplice de los tristes eventos, el símbolo se inserta en la narración y escucha: "*La magnolia, nuestra antigua conocida, oyó a las últimas luces de la tarde, el final de esta conversación congojosa*" (el énfasis es nuestro; 121). La magnolia, además de servir de vehículo para organizar la narración, constituye un valor simbólico, un valor de pureza e idealismo frente al mundo turbio de la vida moderna. Desde el primer párrafo de la novela, en un acto de prefiguración[17] y de aclaración, el narrador, sirviéndose de la imagen de la magnolia, advierte al lector que: "el alma hu-

---

16 Durante muchos años se consideraba que era la primera. Pero no hace mucho se descubrió que Manuel Gutiérrez Nájera escribió PARA SUBIR AL CIELO. Por lo tanto, la de Martí es la segunda en el tiempo.

17 Son muchos los signos emitidos por el narrador que sugieren que nos movemos en un terreno de inminente desgracia. En el primer capítulo se alude al alma infeliz de Juan Jerez, y a su "...extraña y *violenta* necesidad del martirio" (59; el énfasis es nuestro). Y casi a continuación, tras el retrato de de las emociones de Juan y Lucía, el narrador observa que "...Juan aquella noche se acostó triste, y Lucía misma, amaneció junto a la ventana...aromada como un vaso de perfumes, pero seria y recelosa..."(61).

mana tiene una gran necesidad de blancura". Y, a continuación, inserta un comentario que se liga al argumento y proyecto fundamentales de la novela; alude a las sombras e imperfecciones que son la consecuencia de los espacios tenebrosos de la vida, del mundo moderno: " Desde que lo blanco se oscurece, la desdicha empieza. La práctica y conciencia de todas las virtudes, la posesión de las mejores cualidades, la arrogancia de los más nobles sacrificios, no basta a consolar el alma de un solo extravío" (49)[18].

La narración de la novela, dentro de los capítulos, es fundamentalmente lineal, pero en el Capítulo II hay vueltas hacia el pasado para delinear la historia de Sol del Valle. Sin embargo, en casi todos los capítulos, se producen descansos cuyo formato en algunos casos es descriptivo y dentro de la línea de las realidades "factuales", pero en otros, es lírico, metafórico, simbólico, impresionista y/o expresionista. Tampoco faltan pasajes de arte decorativo, de metaforismo prototípico modernista, como la descripción de la sala de la casa de Lucía:

> La antesala era linda y pequeña, como que se tiene que ser pequeño para ser lindo. De unos tulipanes de cristal trenzado, suspendidos en un ramo del techo por un tubo oculto entre hojas de tulipán simuladas en bronce, caía sobre la mesa de ónix la claridad anaranjada y suave de la lámpara de luz eléctrica incandescente….El pavimento de mosaico de colores tenues que, como el de los atrios de Pompeya, tenía la inscripción "Salve", en el umbral, estaba lleno de banquetas revueltas… (67).

Es ésta una descripción de texturas, de colores, de "materias nobles y duras" como las preferidas de los parnasianos franceses que pretendían captar en enunciaciones experimentales y novedosas realidades de la naturaleza mediante lo frío, objetivo o sicológicamente remoto. Pero, no se trata de una descripción que imita una modalidad expresiva foránea. El estilo de Martí pertenece más bien a lo que algunos críticos han caracterizado como el "alto estilo" modernista de las letras americanas; en sus retextualizaciones se descubre un proceso de apropiación, de integración de lo exocéntrico en moldes americanos. Martí absorbió y cultivó muchos estilos[19]: el realista factual, el parnasiano, el impresionista y el expresionista, creando una amalgama estilística polifónica e híbrida, típica del arte moderno/modernista. Los elementos de su estilo no sólo son variados sino de orden contradictorio, pero todos se filtran por el tamiz hispánico[20]. Frente al discurso "facutal" abunda el discurso impresionista/expresionista cuya máxima expresión en la novela es la fragmentada cita de un cronista que recuenta la experiencia de haber escuchado la música tocada por

18   Es ésta una de las muchas enunciaciones apotégmicas de valor moral en la obra martiana. En ella se advierte un deseo de perfección que se expresa en un discurso contracultural. Pese a la nota negativa—"desde que lo blanco se oscurece"—la cita encierra una esperanza. Pero, la fe en el triunfo de la virtud suele encerrar la conciencia de su posible fracaso: "Yo llamo *noche* al olvido de la *divinidad humana* (el énfasis es nuestro; 22 83).

19   "No tocar una cuerda, sino todas las cuerdas" observó en una nota suelta en uno de sus cuadernos (T 73 133).

20   Sobre el estilo, en forma metafórica, sentenciará: "El uso de una palabra extranjera entre las palabras castellanas, me hace el mismo efecto que me haría un sombrero de copa sobre el Apolo de Belvedere" (T 45 177).

el Kellefy, el pianista húngaro que visitó la ciudad imaginaria de la novela:

> Nos llevaba como un triunfador...sujetos a su carro. ¿A dónde íbamos? nadie lo sabía. Ya era un rayo que daba sobre un monte, como el acero de un gigante sobre el castillo donde supone a su dama encantada; ya un león con alas, que iba de nube en nube; ya un sol virgen que de un bosque temido, como de un nido de serpientes se levanta... (112).

Los recursos narrativos que introduce Martí en la narrativa americana son legión. Utiliza, entre otras técnicas, un metaforismo que se plasma en enunciaciones simbólicas que caracterizan los personajes vía un lirismo imaginístico en lugar de las largas y detalladas enumeraciones de los novelistas realistas y naturalistas de su época. Cada personaje de LUCÍA JEREZ se identifica con una imagen —y esto, en varios puntos de la narración. En el siguiente:

> |e|l sombrero de Adela era ligero y un tanto extravagante, como de niña que es capaz de enamorarse de un tenor de ópera: el de Lucía era un sombrero arrogante y amenazador: se salían por el borde del costurero las cintas carmesíes, enroscadas sobre el sombrero de Adela como un|a| boa sobre una tórtola: del fondo de seda negra, por los reflejos de un rayo de sol que filtraba oscilando por una rama de la magnolia, parecían salir llamas. (51-2).

En otro momento de la narración el narrador, en lugar de verbalizar, echa mano a los objetos y los pone en movimiento para captar las emociones del instante álgido en que la Directora presenta a Sol a Lucía:

> *La sombra de una de las cortinas de la enredadera, que flotaba al influjo del aire, escondió en este instante el rostro de Sol.*
> —...merece que yo ponga en sus manos |a Sol|, para que me la enseñe al mundo a su lado y me la proteja, la joya de la casa con que ha sido Juan Jerez tan bueno.
> *Aquí la cortina flotante de la enredadera cubrió con su sombra el rostro de Lucía.* (el énfasis es nuestro; 114-15)

Todos estos elementos narrativos son nuevos, habría que decir insólitos en 1885; prefiguran la evolución de la novelística americana en su paso desde el inicio del modernismo a las creaciones del vanguardismo. Los diálogos a menudo llegan al lector con tonos discordantes, con voces superpuestas o en forma seriada, pero de modo ilógico e inesperado, sin identificación del hablante. En otros casos no hay una transición entre un párrafo que termina y el que sigue. El espacio geográfico y narrativo es inespecificado, interiorizado o caracterizado con imágenes impresionistas y expresionistas. Los objetos preciosos de coleccionista —los *bibelots* de la época— adquieren la substancia de una realidad más significativa que su vida material, y todo está envuelto en una visión poética de la vida, o distorsionado por los celos obsesivos y patalógicos de Lucía. Tan intensa como la cualidad irracional y violenta de las emociones de Lucía es la naturaleza surrealista y espectral de las pinturas producidas o proyectadas por Ana, creaciones que parecen ser la obra de un artista moderno como Frida Kahlo o Leonora Carrington:

—De veras que es muy extraño |el cuadro]. Es como en una esquina de jardín y el cielo es claro, muy claro y muy lindo. Un joven…muy buen mozo vestido con un traje gris muy elegante, se mira las manos asombrado. Acaba de romper un lirio, que ha caído a sus pies, y le han quedado las manos manchadas de sangre. (75)

Estamos, en fin, más allá de la mímesis. Hemos penetrado el espacio de una concepción narrativa atada a un mundo idealizado (el de Juan) en el cual el renuente novelista (Martí) ha desplegado los elementos de un universo de realidades no comunes; el narrador nos ha llevado de la mano hacia el mundo de lo anormal y racionalmente injustificable —el de los temores y celos de Lucía, el de las consecuencias del desmoronamiento de los valores históricos o culturalmente autóctonos o los códigos de la eticidad tradicional— un universo que el noble Juan no logra sondear y es incapaz de procesar[21]: el conflictivo y entristecido mundo de la modernidad.

UNA METÁFORA DEL MUNDO

Una novela lírica, según Freedman, …asume una forma única que trasciende el movimiento causal y temporal de la narrativa dentro de un marco fictivo. Es un género híbrido que se sirve de la novela para acercarse a la función de un poema.[22]

Pero, el predominio del lirismo, con todas sus sensaciones, imágenes poéticas y sus viajes hacia el interior del sujeto, no implica el abandono de un fondo realista. Tampoco la metaforización del universo, como en el caso de la narrativa de LucíA JEREZ. Todo lo contrario. El narrador insiste en atraer la vista del lector a "estos tiempos" (104), en que como afirmaba la visionaria Ana[23] "no somos más que fieras reformadas" (76). Como ya hemos observa-

---

21   Juan, nos explica el narrador, brioso y activo como ser público, sentía "…la dulce necesidad, tantas veces *funesta*, de apretar sobre su corazón una manecita blanca. La de esta o de aquella le importaban poco; y él, en la mujer, veía más el símbolo de las hermosuras ideadas que un ser real" (énfasis nuestro, 58). El novelista, al tocar el tema de la mujer, se sirve de la palabra *funesta* que formaba parte del título original de la novela: AMISTAD FUNESTA. Juan es el idealista que buscaba en la mujer, concebida como símbolo, la pureza absoluta que no encontraba en la realidad circundante.

22   Ralph Freedman, THE LYRICAL NOVEL, (Princeton: Princeton University Press, 1963, 1; la traducción es nuestra. A la novela lírica asigna Ricardo Gullón las siguientes características: "…el predominio del lenguaje poético, el viaje a través de la conciencia, la interiorización de la experiencia, el confinamiento en el espacio mental…" LA NOVELA LÍRICA, Madrid: Cátedra, 1984, 19.

23   Martí, al dotar a Ana de una visión más profunda que la de otros personajes sigue el patrón clásico de los ciegos y lesionados veedores de las cirucunstancias humanas del presente y del futuro.

do, hay en esta novela una contraposición de valores opuestos —bien contra mal, pureza versus limpieza— nota característica del conflictivo imaginario martiano. En la construcción de esta obra en que se narra la condición y las consecuencias del desmoronado mundo tradicional enconatramos una oposimetría que subraya la violencia, las discontinuidades, o las desgracias: "la madre sin hijo", "el hombre que se muere en un sillón", "el hombre sin amor" de los cuadros de Ana. O, como observa el narrador, los "...tiempos negros" en que se vive, pues todo "...tiende a rebajar el alma, todo, libros y cuadros, negocios y afectos, ¡aun en nuestros países azules!" (67). El esquema ideológico propuesto por el novelista se balancea entre las contradicciones de la realidad, a la cual está entrañablemente enraizada y la busca de los idealismos, o, al menos de una realidad alternativa en lugar de la materialista y burda de la modernidad económica. Es decir, una vida en armonía con las tradiciones de los países americanos, de la vida de los "países azules". Se debate entre los desengaños y las perversiones —"...esa fatal perversión que atrae a los espíritus desemejantes" (72)— y la necesidad de equilibrio y proporción armónica" (107). Con frecuencia se utiliza la voz de Ana para concretizar la paradigmática y sombría subterra del universo: "Me parece que todos [los vivos] están manchados, y en cuanto alcanzan a ver un hombre puro[24] empiezan a correrle detrás para llenarle la túnica de manchas" (117)[25]. La antítesis de esta visión tétrica, expresada subtextualmente, es la fe en la perfectibilidad vía un discurso de deseo que propone reconstrucciones contramodernos —las de Martí, Casal, Silva, Gutiérrez Nájera, Juana Borrero— las de un universo de valores espirituales edificado a espaldas de y en oposición a la modernidad económica. En Lucía Jerez las manchas y la sangre de los cuadros de Ana se balancean con un metaforismo de valores idealistas y estéticos: "La conversación con las damas ha de ser de plata fina, y trabajada en filigrana leve, como la trabajan en Génova y en México" (124).

La alusión a la plata fina tiene una significación doble: exocéntrica y americana: Génova y México. Es que la visión del novelista es binómica: por un lado es realista: afectada por las realidades crudas de las modas y maneras de la modernidad económica. Pero atemorizado y disgustado frente a la "vida nueva" es atraído por los valores tradicionales de la cultura americana. Insiste, por lo tanto, en "nuestros países" (63), en "cosas patrias" (70), en "nuestras tierras" (122), en lo genuinamente americano. Y, similarmente, en su elaboración del esquema metafórico de la trama inserta la vida del mundo moderno, pero insiste sobre la autenticidad cultural. Por lo tanto, volviendo a nuestro argumento de que Lucía Jerez es una metáfora del mundo, no sería exagerado afirmar que su plano real se construye en torno al enraizado americanismo martiano. Ya en primer capítulo, al describir la persona de Juan, se explaya el narrador al evocar el colonialismo cultural y educacional

---

24 Alusión clara al funesto destino de Juan, alter ego del novelista.
25 Variante, expresada por el narrador: "Da horror asomarse a muchos hombres inteligentes y bellos. Se sale huyendo, como de una madriguera" (124).
26 Es un tema que Martí explora en forma paradigmática en su ensayo "Nuestra América".

de América[26]; alude a los "...pueblos donde por viejas tradiciones coloniales se da a los hombres una educación literaria..." cuando mejor hubiera sido, con el fin de "hacer prósperas a nuestras tierras" "...educarlos de manera que pudiesen sacar provecho del suelo providísimo en que nacen" (56).
Somos, observa con tristeza, "...a manera de frutos sin mercado, cual las excrecencias de la tierra..." (57).

La visión que Martí desarrolla en su novela es la de un mundo fractura-
do. Al comienzo de la cuarta entrega de la novela alude el narrador a "un vaso roto", a "un edificio en ruina", a "una palma caída"— metaforizaciones
de rupturas y de descensos hacia una realidad que se ha ido a pique. Y de la
metaforización se pasa a un discurso que aclara la naturaleza de la base ideo-
lógica de la narración:

> Estos tiempos nuestros están desquiciados, y con el derrumbe de las an-
> tiguas vallas sociales y las finezas de la educación, ha venido a crearse
> una nueva y vastísima clase de aristócratas de la inteligencia, con todas
> las necesidades de parecer y gustos ricos que de ella vienen, sin que ha-
> ya habido tiempo aún, en lo rápido del vuelco, para que el cambio en la
> organización y repartimiento de las fortunas corresponda a la brusca al-
> teración de las relaciones sociales producidas por las libertades políticas
> y la vulgarización de los conocimientos....la hacienda es el estómago
> de la felicidad. Maridos, amantes, personas que aún tenéis que vivir y
> anheláis prosperar: ¡organizad bien vuestra hacienda (90-1)!

En este "desequilibrio universal" (91) se desenvuelve el simbólico drama
de Lucía y Juan. Lucía quien desata la violencia de la obra —la violencia que
simboliza el aludido "desequilibrio" universal manifiesto en las esferas de la
cultura, la educación, la economía, la vida privada, las relaciones sociales y
emocionales— es retratada —simbólicamente— como una anomalía. Vista
junto a Juan, dice el narrador: "Hermosa era la pareja, tal como se venían lentamente acercando al grupo de sus amigas en el patio. Altos los dos. *Lucía
más de lo que sentaba a sus años y sexo*" (el énfasis es nuestro; 65-6). No es esta una simple enunciación de naturaleza y patriarcal. Dentro del contexto
de la novela es más bien, a nuestro parecer, uno de los muchos elementos que
el novelista maneja para emplazar los puntales del drama, marcando los pa-
rámetros "desequilibrados" de los vacíos, de la violencia de la obra y de la
naturaleza de su intermediaria, Lucía. Pues, en su caso se trata no sólo de una
anomalía física sino de una joven desligada de una familia, la tradicional de
clase alta y socialmente distinguida de la burguesía americana del siglo XIX,
pues ni padres ni parientes aparecen en la obra[27]. El narrador, hacia el final
de la obra, parece haber descubierto este "desliz' (para nosotros intenciona-
do por parte del novelista) y en el momento en que todos se van al campo pa-

---

27 V., a modo de contraste, la constucción familiar de una novela como MARÍA de Jorge Isaacs.

ra que Ana tenga aires más puros, se excusa y dice: "por supuesto, las personas mayores que por no influir directamente en los sucesos de esta narración
no figuran en ella" (135). Y, como si, algo tarde, le molestara la ausencia de
los mayores, un poco más adelante, en una nota autorreflexiva, explica a los
lectores que en la imperial va la gente mayor "...que es muy respetable, pero no nos hace falta para el curso de la novela" (139).

Lucía es, como anota Susana Zanetti, "la figura del deseo moderno cuya
peligrosidad tematiza la novela. La violencia de su pasión y su actividad, prefiguran el triunfo de la esterilidad de Juan y aun su muerte simbólica" (193).
Ni Juan ni Sol se escapan del remolino emocional. Estamos frente a las opo-
simetrías habituales de Martí: en este caso, el retrato de la mujer tradicional
(Sol) y la mujer moderna (Lucía), contraste insertado en una narración que
simbólicamente formula una dicotomía irresoluta e irresoluble, la de las mo-
dernidades conflictivas, pues "sólo la protagonista accede a lo que Kristeva
señala como condición de modernidad de la novela: el hecho de que la dis-
yunción entre los opuestos se presente más como un doble que como dos irre-
ductibles" (López-Baralt 144-5). El hogar, el de Lucía —incompleta y desor-
denada—, o sea, en términos contemporáneos, un hogar *no nuclear*, constituye
una metáfora de la comunidad nacional (inespecificada en la novela, pero
identificada con el ámbito hispanoamericano)[28]. Lucía, explica el narrador
"...ardiente y despótica, sumisa a veces como una enamorada, rígida y frenética enseguida...ejercía...un poderoso influjo en el espíritu de Sol...y Lucía fue su dueña" (128-9). Esta necesidad de dominar —¿símbolo del poder
modernizador?— desemboca en la destrucción de Sol por Lucía—conclusión que metaforiza los temores del novelista frente a los aterradores desmem-
bramientos producidos por la incipiente vida moderna.

Ivan A. Schulman
Saint Augustine, Florida

---

28 Zanetti observa al respecto que "el desorden en el ámbito privado frustra la armonía y la co-
    munión amorosa y, metafóricamente, la comunidad nacional" (196).

Prólogo inconcluso de José Martí

Quien ha escrito esta noveluca, jamás había escrito otra antes, lo que de sobra conocerá el lector sin necesidad de este proemio, ni escribirá probablemente más después. En una hora de desocupación, le tentó una oferta de esta clase de trabajo: y como el autor es persona trabajadora, recordó un suceso acontecido en la América del Sur en aquellos días, que pudiera ser base para la novela hispanoamericana que se deseaba, puso mano a la pluma, evocó al correr de ella sus propias observaciones y recuerdos, y sin alarde de trama ni plan seguro, dejó rasguear la péñola, durante siete días, interrumpido a cada instante por otros quehaceres,[1] tras de los cuales estaba lista con el nombre de Amistad funesta *la que hoy con el nombre de* Lucía Jerez *sale nuevamente al mundo. No es más, ni es menos. Se publica en[2] libro, porque así lo desean los que sin duda no lo han leído. El autor, avergonzado, pide excusa. Ya él sabe bien[3] por dónde va, profunda como un bisturí y útil como un médico, la novela moderna. El género no le place, sin embargo, porque hay mucho que fingir en él, y los goces de la creación artística no compensan[4] el dolor de moverse en[5] una ficción prolongada; con diálogos que nunca se han oído, entre personas que no han vivido jamás. Menos que[6] todas, tienen derecho a la atención,[7] novelas[8] como esta, de puro cuento,[9] en las que no es dado[10] tender a nada serio, porque esto, a juicio de editor, aburre a la gente lectora; ni siquiera es lícito,[11] por lo llano de los tiempos, levantar el espíritu del[12] público con[13] haza-*

---

1   Esta frase, entre comas, añadida sobre la línea en el manuscrito.
2   Esta palabra escrita sobre palabra ininteligible.
3   Tachado ininteligible a cont.
4   Tachado ininteligible a cont.
5   Tachado a cont.: "en una [dos palabras ilegibles] de [palabra ininteligible] creador, en mayor o menor sufrir a [palabra ininteligible]".
6   Tachado a cont.: "las".
7   Tachado a cont.: "pública estas".
8   Las dos palabras a cont. están añadidas sobre la línea.
9   Tachado a cont.: "que ni de". Las dos palabras a cont. añadidas sobre la línea.
10   Tachado a cont.: "encen". Lección dudosa.
11   Tachado a cont.: "como".
12   Tachado a cont. de la "l": "os".
13   Tachado a cont.: "las".

ñas de caballeros y de héroes, que han venido a ser personas muy fuera de lo real y del[14] buen gusto. Lean, pues, si quieren, los que lo culpen, este libro; que el autor ha procurado hacerse perdonar con algunos[15] detalles; pero sepan que el autor piensa muy mal de él. -Lo cree inútil; y lo lleva sobre sí como una grandísima culpa.[16] Pequé, Señor, pequé, sean humanitarios, pero perdónenmelo. Señor: no lo haré más. Yo quiero ver al valiente que[17] saca de los[18] una novela buena.

En la novela había de haber mucho amor; alguna muerte; muchas muchachas, ninguna pasión pecaminosa; y nada que no[19] fuese del mayor agrado de los padres de familia y de los señores sacerdotes.[20] Y había de ser hispanoamericano.[21]

Juan empezó con mejores destinos que los que al fin tiene, pero es que en[22] la novela[23] cortó su carrera[24] cierta prudente observación, y hubo que convertir en mero galán de amores al que nació en la mente del novelador[25] dispuesto a más y a más altas empresas (grandes) hazañas. Ana ha vivido, Adela, también.—Sol, ha muerto[26]. Y Lucía, la ha matado. Pero ni a Sol ni a Lucía ha conocido de cerca el autor. A don Manuel, sí. Y a Manuelillo,[27] y a doña Andrea, así como a la propia Directora.[28]

[Ms. en CEM.]

14   Tachado a cont. de la "l": "os".
15   Tachado a cont.: "humildes".
16   Tachado a cont.: "Yo pecador. Pequé, sí, peque [Así en Ms.], sean humanitarios, pero perdónenmelo: no lo haré más".
17   Tachado a cont.: "sobre tras manos, osado se [palabra ininteligible]." Lección dudosa.
18   Palabra ininteligible. Intercalado en edición de Quesada y Miranda: "[p.i.]".
19   Tachado a cont.: 1ª versión: "gustase a los"; 2ª versión: "o".
20   Esta palabra está escrita sobre tachado: "curas".
21   Tachado a cont., añadido bajo la línea: "y [tres palabras ininteligibles]". El párrafo a cont. añadido a la cabeza y por el margen lateral derecho de la primera página.
22   Esta palabra añadida a "que". Tachado a cont.: "al [palabra ininteligible]".
23   Estas dos palabras añadidas sobre la línea.
24   Tachado a cont.: "la".
25   Tachado ininteligible a cont. La palabra siguiente añadida sobre la t.
26   Palabra ininteligible. Intercalado en edición de Quesada y Miranda: "[p.i.]".
27   Tachado a cont.: 1ª versión: "y a la"; 2ª versión: "Doña,".
28   Varias frases ininteligibles a cont., que avanzan a lo largo del margen izquierdo y a la cabeza de la segunda página: deteriorado el manuscrito y borrosa la tinta en esa zona.

Capítulo I[29]

Una frondosa magnolia, podada por el jardinero de la casa con manos demasiado académicas, cubría aquel domingo por la mañana con su sombra a los familiares de la casa de Lucía Jerez. Las grandes flores blancas de la magnolia, plenamente abiertas en sus ramas de hojas delgadas y puntiagudas, no parecían, bajo aquel cielo claro y en el patio de aquella casa amable, las flores del árbol, sino las del día. ¡esas flores inmensas e inmaculadas, que se imaginan cuando se ama mucho! El alma humana tiene una gran necesidad de blancura. Desde que lo blanco se oscurece, la desdicha empieza. La práctica y conciencia de todas las virtudes, la posesión de las mejores cualidades, la arrogancia de los más nobles sacrificios, no bastan a consolar el alma de un solo extravío.

Eran hermosas de ver, en aquel domingo, en el cielo fulgente, la luz azul y por entre los corredores de columnas de mármol, la magnolia elegante, entre las ramas verdes, las grandes flores blancas y en sus mecedoras de mimbre, adornadas con lazos de cinta, aquellas tres amigas, en sus vestidos de mayo: Adela, delgada y locuaz, con un ramo de rosas Jacqueminot[30] al lado izquierdo de su traje de seda crema; Ana, ya próxima a morir, prendida sobre el corazón enfermo, en su vestido de muselina blanca, una flor azul sujeta con unas hebras de trigo; y Lucía, robusta y profunda, que no llevaba flores en su vestido de seda carmesí, "porque no se conocía aún en los jardines la flor que a ella le gustaba: ¡la flor negra!"

Las amigas cambiaban vivazmente sus impresiones de domingo. Venían de misa; de sonreír en el atrio de la catedral a sus parientes y conocidos; de pasear por las calles limpias, esmaltadas de sol, como flores desatadas sobre una bandeja de plata con dibujos de oro. Sus amigas, desde las ventanas de

---

29   La novela comenzó a publicarse el 15 de mayo de 1885 en la primera página del periódico neoyorkino El Latino-Americano (año 1, no. 15). La presente edición le advertirá al lector la fecha en que fueron apareciendo cada una de las entregas en que se fragmentó la obra, en los sucesivos números de esta publicación.

30   Rosas bordadas en la fábrica de hilados del vizconde de Jacqueminot (1787-1852), en Bar-le-Duc (Francia).

sus casas grandes y antiguas, las habían saludado al pasar. No había mancebo elegante en la ciudad que no estuviese aquel mediodía por las esquinas de la calle de la Victoria. La ciudad, en esas mañanas de domingo, parece una desposada. En las puertas, abiertas de par en par, como si en ese día no se temiesen enemigos, esperan a los dueños los criados, vestidos de limpio. Las familias, que apenas se han visto en la semana, se reúnen a la salida de la iglesia para ir a saludar a la madre ciega, a la hermana enferma, al padre achacoso. Los viejos ese día se remozan. Los veteranos andan con la cabeza más erguida, muy luciente el chaleco blanco, muy bruñido el puño del bastón. Los empleados parecen magistrados. A los artesanos, con su mejor chaqueta de terciopelo, sus pantalones de dril muy planchado y su sombrerín de castor fino, da gozo verlos. Los indios, en verdad, descalzos y mugrientos, en medio de tanta limpieza y luz, parecen llagas. Pero la procesión lujosa de madres fragantes y niñas galanas continúa, sembrando sonrisas por las aceras de la calle animada; y los pobres indios, que la cruzan a veces, parecen gusanos prendidos a trechos en una guirnalda. En vez de las carretas de comercio o de las arrias de mercaderías, llenan las calles, tirados por caballos altivos, carruajes lucientes. Los carruajes mismos, parece que van contentos, y como de victoria. Los pobres mismos, parecen ricos. Hay una quietud magna y una alegría casta. En las casas todo es algazara. Los nietos ¡qué ir a la puerta, y aturdir al portero, impacientes por lo que la abuela tarda! Los maridos ¡qué celos de la misa, que se les lleva, con sus mujeres queridas, la luz de la mañana! La abuela, ¡cómo viene cargada de chucherías para los nietos, de los juguetes que fue reuniendo en la semana para traerlos a la gente menor hoy domingo, de los mazapanes recién hechos que acaba de comprar en la dulcería francesa, de los caprichos de comer que su hija prefería cuando soltera, ¡qué carruaje el de la abuela, que nunca se vacía! Y en la casa de Lucía Jerez no se sabía si había más flores en la magnolia, o en las almas.

Sobre un costurero abierto, donde Ana al ver entrar a sus amigas puso sus enseres de coser y los ajuares de niño que regalaba a la Casa de Expósitos, habían dejado caer Adela y Lucía sus sombreros de paja, con cintas semejantes a sus trajes, revueltas como cervatillos que retozan. ¡Dice mucho, y cosas muy traviesas, un sombrero que ha estado una hora en la cabeza de una señorita! Se le puede interrogar, seguro de que responde: ¡de algún elegante caballero, y de más de uno, se sabe que ha robado a hurtadillas una flor de un sombrero, o ha besado sus cintas largamente, con un beso entrañable y religioso![31] El sombrero de Adela era ligero y un tanto extravagante, como de niña que es capaz de enamorarse de un tenor de ópera: el de Lucía era un sombrero arrogante y amenazador: se salían por el borde del costurero las cintas carmesíes, enroscadas sobre el sombrero de Adela como un[32] boa sobre una tórtola: del fondo de seda negro, por los reflejos de un rayo de sol que filtraba oscilando por una rama de la magnolia, parecían salir llamas.

31   En ELA, a cont. la frase: "Solo que en los templos de esta religión las vírgenes andan.".
32   Así en ELA y en la edición de Quesada y Aróstegui.

Estaban[33] las tres amigas en aquella pura edad en que los caracteres todavía no se definen: ¡ay! ¡en esos mercados es donde suelen los jóvenes generosos, que van en busca de pájaros azules, atar su vida a lindos vasos de carne que a poco tiempo, a los primeros calores fuertes de la vida, enseñan la zorra astuta, la culebra venenosa, el gato frío e impasible que les mora en el alma!

La mecedora de Ana no se movía, tal como apenas en sus labios pálidos la afable sonrisa: se buscaban con los ojos las violetas en su falda, como si siempre debiera estar llena de ellas. Adela no sin esfuerzo se mantenía en su mecedora, que unas veces estaba cerca de Ana, otras de Lucía, y vacía las más. La mecedora de Lucía, más echada hacia adelante que hacia atrás, cambiaba de súbito de posición, como obediente a un gesto enérgico y contenido de su dueña.

—Juan no viene: ¡te digo que Juan no viene!

—¿Por qué, Lucía, si sabes que si no viene te da pena?

—¿Y no te pareció Pedro Real muy arrogante? Mira, mi Ana, dame el secreto que tú tienes para que te quiera todo el mundo; porque ese caballero, es necesario que me quiera.

En un reloj de bronce labrado, embutido en un ancho plato de porcelana de ramos azules, dieron las dos.

—Lo ves, Ana, lo ves ya Juan no viene. Y se levantó Lucía; fue a uno de los jarrones de mármol colocados entre cada dos columnas, de las que de un lado y otro adornaban el sombreado[34] patio; arrancó sin piedad de su tallo lustroso una camelia blanca, y volvió silenciosa a su mecedora, royéndole las hojas con los dientes.

—Juan viene siempre, Lucía.

Asomó en este momento por la verja dorada que dividía el zaguán de la antesala que se abría al patio, un hombre joven, vestido de negro, de quien se despedían con respeto y ternura uno de mayor edad, de ojos benignos y poblada barba, y un caballero entrado en largos años, triste, como quien ha vivido mucho, que retenía con visible placer la mano del joven entre las suyas:

—Juan, ¿por qué nació Vd. en esta tierra?

—Para honrarla si puedo, don Miguel, tanto como Vd. la ha honrado.

Fue la emoción visible en el rostro del viejo; y aún no había desaparecido del zaguán, de brazo del de la buena barba, cuando Lucía, demudado el rostro y temblándole en las pestañas las lágrimas, estaba en pie, erguida con singular firmeza, junto a la verja dorada, y decía, clavando en Juan sus dos ojos imperiosos y negros:

—Juan, ¿por qué no habías venido?

Adela estaba prendiendo en aquel momento en sus cabellos rubios un jazmín del Cabo.

Ana cosía un lazo azul a una gorrita de recién nacido, para la Casa de Expósitos.

---

33 En ELA, este párrafo comienza: "De aquellas tres amigas, Ana se moría; Adela ardilleaba; Lucía mandaba; mas estaban todas en aquella pura edad ...".
34 En ELA: "ameno".

—Fui a rogar, respondió Juan sonriendo dulcemente, que no apremiasen por la renta de este mes a la señora del Valle.

—¿A la madre de Sol? ¿de Sol del Valle?

Y pensando en la niña de la pobre viuda, que no había salido aún del colegio, donde la tenía por merced la Directora,[35] se entró Lucía, sin volver ni bajar la cabeza, por las habitaciones interiores, en tanto que Juan, que amaba a quien lo amaba, la seguía con los ojos tristemente.

Juan Jerez era noble criatura. Rico por sus padres, vivía sin el encogimiento egoísta que desluce tanto a un hombre joven, mas sin aquella angustiosa abundancia, siempre menor que los gastos y apetitos de sus dueños, con que los ricuelos de poco sentido malgastan en empleos estúpidos, a que llaman placeres, la hacienda de sus mayores. De sí propio, y con asiduo trabajo, se había ido creando una numerosa clientela de abogado, en cuya engañosa profesión, entre nosotros perniciosamente esparcida, le hicieron entrar, más que su voluntad, dada a más activas y generosas labores, los deseos de su padre, que en la defensa de casos limpios de comercio había acrecentado el haber que aportó al matrimonio su esposa. Y así Juan Jerez, a quien la naturaleza había puesto aquella coraza de luz con que reviste a los amigos de los hombres, vino, por esas preocupaciones legendarias que desfloran y tuercen la vida de las generaciones nuevas en nuestros países, a pasar, entre lances de curia que a veces le hacían sentir ansias y vuelcos, los años más hermosos de una juventud sazonada e impaciente, que veía en las desigualdades de la fortuna, en la miseria de los infelices, en los esfuerzos estériles de una minoría viciada por crear pueblos sanos y fecundos,[36] de soledades tan ricas como desiertas, de poblaciones cuantiosas de indios míseros, objeto más digno que las controversias forenses del esfuerzo y calor de un corazón noble y viril.

Llevaba Juan Jerez en el rostro pálido, la nostalgia de la acción, la luminosa enfermedad de las almas grandes, reducida por los deberes corrientes o las imposiciones del azar a oficios pequeños; y en los ojos llevaba como una desolación, que sólo cuando hacía un gran bien, o trabajaba en pro de un gran objeto, se le trocaba, como un rayo de sol que entra en una tumba, en centelleante júbilo. No se le dijera entonces un abogado de estos tiempos, sino uno de aquellos trovadores que sabían tallarse, hartos ya de sus propias canciones, en el mango de su guzla,[37] la empuñadura de una espada. El fervor de los cruzados encendía en aquellos breves instantes de heroica dicha su alma buena; y su deleite, que le inundaba de una luz parecida a la de los astros, era solo comparable a la vasta amargura, con que reconocía a poco que en el mundo no encuentran auxilio, sino cuando convienen a algún interés que las vicia, las obras de pureza. Era de la raza selecta de los que no trabajan para el éxito, sino contra él. Nunca, en esos pequeños pueblos nuestros donde los hombres se encorvan tanto, ni a cambio de provechos ni de vanaglorias cedió Juan

---

35 En ELA, a cont.: "cuya pensión pagaban a escote los amigos de la triste señora,".
36 En ELA, en lugar del texto a cont. hasta "míseros": "ya de soledades tan ricas como desiertas, ya de poblaciones cuantiosas de indios tan malvados como brutos".
37 Instrumento de música en forma de guitarra con una sola cuerda de crin, con el que los trovadores acompañaban sus cantos.

un ápice de lo que creía sagrado en sí, que era su juicio de hombre y su deber de no ponerlo con ligereza o por paga al servicio de ideas o personas injustas; sino que veía Juan su inteligencia como una investidura sacerdotal, que se ha de tener siempre de manera que no noten en ella la más pequeña mácula los feligreses; y se sentía Juan, allá en sus determinaciones de noble mozo, como un sacerdote de todos los hombres, que uno a uno tenía que ir dándoles perpetua cuenta, como si fuesen sus dueños, del buen uso de su investidura.

Y cuando veía que, como entre nosotros sucede con frecuencia, un hombre joven, de palabra llameante y talento privilegiado, alquilaba por la paga o por el puesto aquella insignia divina que Juan creía ver en toda superior inteligencia, volvía los ojos sobre sí como llamas que le quemaban, tal como si viera que el ministro de un culto, por pagarse la bebida o el juego, vendiese las imágenes de sus dioses. Estos soldados mercenarios de la inteligencia lo tachaban por eso de hipócrita, lo que aumentaba la palidez de Juan Jerez, sin arrancar de sus labios una queja.[38] Y otros decían, con más razón aparente, —aunque no en el caso de él,— que aquella entereza de carácter no era grandemente meritoria en quien, rico desde la cuna, no había tenido que bregar por abrirse camino, como tantos de nuestros jóvenes pobres, en pueblos donde por viejas tradiciones coloniales, se da a los hombres una educación literaria, y aun ésta descosida e incompleta, que no halla luego natural empleo en nuestros países despoblados y rudimentarios, exuberantes, sin embargo, en fuerzas vivas, hoy desaprovechadas o trabajadas apenas, cuando para hacer prósperas a nuestras tierras y dignos a nuestros hombres no habría más que educarlos de manera que pudiesen sacar provecho del suelo providísimo en que nacen. A manejar la lengua hablada y escrita les enseñan, como único modo de vivir, en pueblos en que las artes delicadas que nacen del cultivo del idioma no tienen el número suficiente, no ya de consumidores, de apreciadores siquiera, que recompensen, con el precio justo de estos trabajos exquisitos, la labor intelectual de nuestros espíritus privilegiados. De modo que, como con el cultivo de la inteligencia vienen los gustos costosos, tan naturales en los hispanoamericanos como el color sonrosado en las mejillas de una niña[39] quinceña;— como en las tierras calientes y floridas, se despierta temprano el amor, que quiere casa, y lo mejor que haya en la ebanistería para amueblarla, y la seda más joyante y la pedrería más rica para que a todos maraville y encele su dueña; como la ciudad, infecunda en nuestros países nuevos, retiene en sus redes suntuosas a los que fuera de ella no saben ganar el pan, ni en ella tienen cómo ganarlo, a pesar de sus talentos, bien así como un pasmoso cincelador de espadas de taza, que sabría poblar [40] éstas de castellanas de larga amazona desmayadas en brazos de guerreros fuertes, y otras sutiles lindezas en plata y en oro, no halla empleo en un villorrio de gente labriega, que vive en paz, o al puñal o a los puños remite el término de sus

38   En ELA: "sin dejar escapar de sus labios desdeñosos una queja".
39   En ELA, a cont.: "de quince años".
40   En ELA: "que puebla".

contiendas; como con nuestras cabezas hispanoamericanas, cargadas de ideas de Europa y Norteamérica, somos en nuestros propios países a manera de frutos sin mercado, cual las excrecencias de la tierra, que le pesan y estorban, y no como su natural florecimiento, sucede que los poseedores de la inteligencia, estéril entre nosotros por su mala dirección, y necesitados para subsistir de hacerla fecunda, la dedican con exceso exclusivo a los combates políticos, cuando más nobles, produciendo así un desequilibrio entre el país escaso y su política sobrada, o, apremiados por las urgencias de la vida, sirven al gobernante fuerte que los paga y corrompe, o trabajan por volcarle cuando, molestado aquel por nuevos menesterosos, les retira la paga abundante de sus funestos servicios. De estas pesadumbres públicas venían hablando el de la barba larga, el anciano de rostro triste, y Juan Jerez, cuando este, ligado desde niño por amores a su prima Lucía, se entró por el zaguán de baldosas de mármol pulido, espaciosas y blancas como sus pensamientos.

La bondad es la flor de la fuerza. Aquel Juan brioso, que andaba siempre escondido en las ocasiones de fama y alarde, pero visible apenas se sabía de una prerrogativa de la patria desconocida o del decoro y albedrío de algún hombre hollados; aquel batallador temible y áspero, a quien jamás se atrevieron a llegar, avergonzadas de antemano, las ofertas y seducciones corruptoras a que otros vociferantes de temple venal habían prestado oídos; aquel que llevaba siempre en el rostro pálido y enjuto como el resplandor de una luz alta y desconocida, y en los ojos el centelleo de la hoja de una espada; aquel que no veía desdicha sin que creyese deber suyo remediarla, y se miraba como un delincuente cada vez que no podía poner remedio a una desdicha; aquel amantísimo corazón, que sobre todo desamparo vaciaba su piedad inagotable, y sobre toda humildad, energía o hermosura prodigaba apasionadamente su amor, había cedido, en su vida de libros y abstracciones, a la dulce necesidad, tantas veces funesta, de apretar sobre su corazón una manecita blanca. La de esta o la de aquella le importaban poco; y él, en la mujer, veía más el símbolo de las hermosuras ideadas que un ser real.

Lo que en el mundo corre con nombre de buenas fortunas, y no son, por lo común, de una parte o de otra, más que odiosas vilezas, habían salido, una que otra vez, al camino de aquel joven rico a cuyo rostro venía, de los adentros del alma, la irresistible belleza de un noble espíritu. Pero esas buenas fortunas, que en el primer instante llenan el corazón de los efluvios trastornadores de la primavera, y dan al hombre la autoridad confiada de quien posee y conquista; esos amoríos de ocasión, miel en el borde, hiel en el fondo, que se pagan con la moneda más valiosa y más cara, la de la propia limpieza; esos amores irregulares y sobresaltados, elegante disfraz de bajos apetitos, que se aceptan por desocupación o vanidad, y roen luego la vida, como úlceras, sólo lograron en el ánimo de Juan Jerez despertar el asombro de que so pretexto o nombre de cariño vivan hombres y mujeres, sin caer muertos de odio a sí mismos, en medio de tan torpes liviandades. Y no cedía a ellas, porque la repulsión que le inspiraba, cualesquiera que fuesen sus gracias, una mujer que cerca de la mesa de trabajo de su esposo o junto a la cuna de su hijo no temblaba de ofrecerlas, era mayor que las penosas satisfacciones que la complicidad con una amante liviana produce a un hombre honrado.

Era la de Juan Jerez una de aquellas almas infelices que sólo pueden hacer lo grande y amar lo puro. Poeta genuino, que sacaba de los espectáculos que veía en sí mismo, y de los dolores y sorpresas de su espíritu, unos versos extraños, adoloridos y profundos, que parecían dagas arrancadas de su propio pecho, padecía de esa necesidad de la belleza que como un marchamo ardiente, señala a los escogidos del canto. Aquella razón serena, que los problemas sociales o las pasiones comunes no oscurecían nunca, se le ofuscaba hasta hacerle llegar a la prodigalidad de sí mismo, en virtud de un inmoderado agradecimiento. Había en aquel carácter una extraña y violenta necesidad del martirio, y si por la superioridad de su alma le era difícil hallar compañeros que se la estimaran y animasen, él, necesitado de darse, que en su bien propio para nada se quería, y se veía a sí mismo como una propiedad de los demás que guardaba él en depósito, se daba como un esclavo a cuantos parecían amarle y entender su delicadeza o desear su bien.

Lucía, como una flor que el sol encorva sobre su tallo débil cuando esplende en todo su fuego el mediodía; que como toda naturaleza subyugadora necesitaba ser subyugada; que de un modo confuso e impaciente, y sin aquel orden y humildad que revelan la fuerza verdadera, amaba lo extraordinario y poderoso, y gustaba de los caballos desalados, de los ascensos por la montaña, de las noches de tempestad y de los troncos abatidos; Lucía, que, niña aún, cuando parecía que la sobremesa de personas mayores en los gratos almuerzos de domingo debía fatigarle, olvidaba los juegos de su edad, y el coger las flores del jardín, y el ver andar en parejas por el agua clara de la fuente los pececillos de plata y de oro, y el peinar las plumas blandas de su último sombrero, por escuchar, hundida en su silla, con los ojos brillantes y abiertos, aquellas aladas palabras, grandes como águilas, que Juan reprimía siempre delante de gente extraña o común, pero dejaba salir a caudales de sus labios, como lanzas adornadas de cintas y de flores, apenas se sentía, cual pájaro perseguido en su nido caliente, entre almas buenas que le escuchaban con amor; Lucía, en quien un deseo se clavaba como en los peces se clavan los anzuelos, y de tener que renunciar a algún deseo, quedaba rota y sangrando, como cuando el anzuelo se le retira queda la carne del pez; Lucía, que con su encarnizado pensamiento había poblado el cielo que miraba, y los florales cuyas hojas gustaba de quebrar, y las paredes de la casa en que lo escribía con lápices de colores, y el pavimento a que con los brazos caídos sobre los de su mecedora solía quedarse mirando largamente; de aquel nombre adorado de Juan Jerez, que en todas partes por donde miraba le resplandecía, porque ella lo fijaba en todas partes con su voluntad y su mirada como los obreros de la fábrica de Eibar,[41] en España, embuten los hilos de plata y de oro sobre la lámina negra del hierro esmerilado; Lucía, que cuando veía entrar a Juan, sentía resonar en su pecho unas como arpas que tuviesen alas, y abrirse en el aire, grandes como soles, unas rosas azules, ribeteadas de negro, y cada vez que lo veía salir, le tendía con desdén la mano fría, colérica de que se fuese, y no podía hablarle, porque se le llenaban de lágrimas los ojos; Lucía, en quien las flores de la edad escondían la lava candente que como las vetas de metales preciosos en las minas le culebreaban en el pecho; Lucía, que padecía de amarle, y le amaba irrevocablemente, y era bella a los ojos de Juan Jerez, puesto que era pura, sintió una noche, una noche de su santo, en que antes de salir para el teatro se abandonaba a sus pensamientos con una mano puesta sobre el mármol del espejo, que Juan Jerez, lisonjeado por aquella magnífica tristeza, daba un beso, largo y blando, en su otra mano. Toda la habitación le pareció a Lucía llena de flores; del cristal del espejo creyó ver salir llamas; cerró los ojos, como se cierran siempre en todo instante de dicha suprema, tal como si la felicidad tuviese también su pudor, y para que no cayese en tierra, los mismos brazos de Juan tuvieron delicadamente que servir de apoyo a aquel cuerpo envuelto en tules blancos, de que en aquella hora de nacimiento parecía brotar luz. Pero Juan aquella noche se acostó triste, y Lucía misma, que amaneció junto a la ventana en su vestido de tules, abrigados los hombros en una aérea nube azul, se sentía, aromada como un vaso de perfumes, pero seria y recelosa...[42]

—Ana mía, Ana mía, aquí está Pedro Real, ¡Míralo qué arrogante!

—Arrodíllate, Adela: arrodíllate ahora mismo, le respondió dulcemente Ana, volviendo a ella su hermosa cabeza de ondulantes cabellos castaños; mientras que Juan, que venía de hacer paces con Lucía refugiada en la antesala, salía a la verja del zaguán a recibir al amigo de la casa.

Adela se arrodilló, cruzados los brazos sobre las rodillas de Ana; y Ana hizo como que le vendaba los labios con una cinta azul, y le dijo al oído, como quien ciñe un escudo o ampara de un golpe, estas palabras:

—Una niña honesta no deja conocer que le gusta un calavera, hasta que no haya recibido de él tantas muestras de respeto, que nadie pueda dudar que no la solicita para su juguete.

Adela se levantó riendo, y puestos los ojos, entre curiosos y burlones, en el galán caballero, que del brazo de Juan venía hacia ellas, lo esperó de pie al lado de Ana, que con su serio continente, nunca duro, parecía querer atenuar en favor de Adela misma, su excesiva viveza. Pedro, aturdido y más amigo

41 Importante fábrica de armas de fuego, bicicletas y máquinas de coser del municipio español de Eibar, provincia de Guipúzcoa, País Vasco. Su principal comercio radica en las manufacturas metálicas e incrustaciones de oro y plata sobre hierro y acero. Errata en ELA: "Tibar".
42 Aquí concluye la primera entrega de la novela. A partir del párrafo siguiente se inicia la segunda, aparecida el 1° de junio de 1885 (año 1, no. 16). Esta se publicó en las páginas interiores de ELA.

de las mariposas que de las tórtolas, saludó a Adela primero.

Ana retuvo un instante en su mano delgada la de Pedro, y con aquellos derechos de señora casada que da a las jóvenes la cercanía de la muerte.

—Aquí, le dijo, Pedro: aquí toda esta tarde a mi lado. ¡Quién sabe si, enfrente de aquella hermosa figura de hombre joven, no le pesaba a la pobre Ana, a pesar de su alma de sacerdotisa, dejar la vida! ¡Quién sabe si quería sólo evitar que la movible Adela, revoloteando en torno de aquella luz de belleza, se lastimase las alas!

Porque aquella Ana era tal que, por donde ella iba, resplandecía. Y aunque brillase el sol, como por encima de la gran magnolia estaba brillando aquella tarde, alrededor de Ana se veía una claridad de estrella. Corrían arroyos dulces por los corazones cuando estaba en presencia de ella. Si cantaba, con una voz que se esparcía por los adentros del alma, como la luz de la mañana por los campos verdes, dejaba en el espíritu una grata intranquilidad, como de quien ha entrevisto, puesto por un momento fuera del mundo, aquellas musicales claridades que sólo en las horas de hacer bien, o de tratar a quien lo hace, distingue entre sus propias nieblas el alma. Y cuando hablaba aquella dulce Ana, purificaba.

Pedro era bueno, y comenzó a alabarle, no el rostro, iluminado ya por aquella luz de muerte que atrae a las almas superiores y aterra a las almas vulgares, sino el ajuar de niño a que estaba poniendo Ana las últimas cintas. Pero ya no era ella sola la que cosía, y armaba lazos, y los probaba en diferentes lados del gorro de recién nacido: Adela súbitamente se había convertido en una gran trabajadora. Ya no saltaba de un lugar a otro, como cuando juntas conversaban hacía un rato ella, Ana y Lucía, sino que había puesto su silla muy junto a la de Ana. Y ella también, iba a estar sentada al lado de Ana toda la tarde. En sus mejillas pálidas, había dos puntos encendidos que ganaban en viveza a las cintas del gorro, y realzaban la mirada impaciente de sus ojos brillantes y atrevidos. Se le desprendía el cabello inquieto, como si quisiese, libre de redes, soltarse en ondas libres por la espalda. En los movimientos nerviosos de su cabeza, dos o tres hojas de la rosa encarnada que llevaba prendida en el peinado, cayeron al suelo. Pedro las veía caer. Adela, locuaz y voluble, ya andaba en la canastilla, ya revolvía en la falda de Ana los adornos del gorro, ya cogía como útil el que acababa de desechar con un mohín de impaciencia, ya sacudía y erguía un momento la ligera cabeza, fina y rebelde, como la de un potro indómito. Sobre las losas de mármol blanco se destacaban, como gotas de sangre, las hojas de rosa.

Se hablaba de aquellas cosas banales de que conversaba en estas tertulias de domingo, la gente joven de nuestros países. El tenor, ¡oh el tenor! había estado admirable. Ella se moría por las voces del tenor. Es un papel encantador el de Francisco I.[43] Pero la señora de Ramírez, ¡cómo había tenido el va-

43   Es el protagonista del drama LE ROI S'AMUSE, de Víctor Hugo. En el libreto para la versión operística —RIGOLETTO— realizada por el escritor italiano Piane, este personaje toma el nombre de El duque de Mantua para evitar la referencia a su nombre verdadero. No obstante, Martí sí lo menciona cuando habla del tenor.
Francisco I (1494-1547). Rey de Francia. Sucesor, en 1515, de su primo Luis XII. Apoyó el Renacimiento en el país protegiendo a los artistas Leonardo de Vinci, Benvenuto Cellini y Tiziano Vecello. Se le conoce con el nombre de "Padre de las Letras".

lor de ir vestida con los colores del partido que fusiló a su esposo!, es verdad
que se casa con un coronel del partido contrario, que firmó como auditor en
el proceso del señor Ramírez. Es muy buen mozo el coronel, es muy buen mozo. Pero la señora Ramírez ha gastado mucho, ya no es tan rica como antes:
tuvo a siete bordadoras empleadas un mes en bordarle de oro el vestido de
terciopelo negro que llevó a *Rigoletto,*[44] era muy pesado el vestido. ¡Oh! ¿Y
Teresa Luz? lindísima, Teresa Luz: bueno, la boca, sí, la boca no es perfecta,
los labios son demasiado finos; ¡ah, los ojos! bueno, los ojos son un poco fríos,
no calientan, no penetran: pero qué vaguedad tan dulce; hacen pensar en las
espumas de la mar. Y, ¡cómo persigue a María Vargas ese caballerete que ha
venido de París, con sus versos copiados de François Coppée,[45] y su política
de alquiler, que vino, sirviendo a la oposición y ya está poco menos que con
el Gobierno! El padre de María Vargas va a ser ministro y él quiere ser dipu-
tado. Elegante sí es. El peinado es ridículo, con la raya en mitad de la cabeza
y la frente escondida bajo las ondas. Ni a las mujeres está bien eso de cubrir-
se la frente, donde está la luz del rostro. Que el cabello la sombree un poco
con sus ondas naturales; pero ¿a qué cubrir la frente, espejo donde los amantes se asoman a ver su propia alma, tabla de mármol blanco donde se firman
las promesas puras, nido de las manos lastimadas en los afanes de la vida?
Cuando se padece mucho, no se desea un beso en los labios sino en la frente.
Y ese mismo poetín lo dijo muy bien el otro día en sus versos "A una niña
muerta", era algo así como esto: Las rosas del alma suben a las mejillas: las estrellas del alma, a la frente. Hay algo de tenebroso y de inquietante en esas
frentes cubiertas. No, Adela, no, a Vd. le está encantadora esa selva de rici-
tos: así pintaban en los cuadros de antes a los cupidos revoloteando sobre la
frente de las diosas. No, Adela, no le hagas caso: esas frentes cubiertas, me
dan miedo. Es que ya se piensan unas cosas, que las mujeres se cubren la frente, de miedo de que se las vean. Oh, no, Ana: ¿qué han de pensar Vds. más
que jazmines y claveles? Pues que no, Pedro: rompa Vd. las frentes, y verá
dentro, en unos tiestitos que parecen bocas abiertas, unas plantas secas, que
dan unas florecitas redondas y amarillas. Y Ana iba así enobleciendo la conversación, porque Dios le había dado el privilegio de las flores: el de perfu-
mar. Adela, silenciosa hacía un momento, alzó la cabeza y mantuvo algún
tiempo los ojos fijos delante de sí, viendo cómo el perfil céltico de Pedro, con
su hermosa barba negra, se destacaba, a la luz sana de la tarde, sobre el zóca-
lo del mármol que revestía una de las anchas columnas del corredor de la casa. Bajó la cabeza, y a este movimiento, se desprendió de ella la rosa encarnada, que cayó deshaciéndose a los pies de Pedro.

44   Ópera en cuatro actos. Una de las piezas más celebres del compositor italiano Giuseppe Verdi,
     estrenada en Venecia en 1851.
     Giuseppe Verdi (1813-1901): Su obra marca el apogeo de la música italiana en el siglo XIX. En-
     tre su extensa y exitosa producción operística sobresalen NABUCODONOSOR, más conocida por
     NABUCO (1842), RIGOLETTO (1851), LA TRAVIATA (1853), EL TROVADOR (1853), AÍDA (1871), OTE-
     LO (1887) y FALSTAFF (1893). También compuso un no menos notable RÉQUIEM (1874), ejemplo
     de su labor en el género sacro.
45   Francois Coppée (1842-1908). Uno de los poetas del parnasianismo francés; muy apreciado
     por Martí. LOS HUMILDES es su poemario más conocido.

Juan y Lucía aparecieron por el corredor, ella como arrepentida y sumisa, él como siempre sereno y bondadoso. Hermosa era la pareja, tal como se venían lentamente acercando al grupo de sus amigas en el patio. Altos los dos, Lucía más de lo que sentaba a sus años y sexo, Juan, de aquella elevada estatura, realzada por las proporciones de las formas, que en sí misma lleva algo de espíritu, y parece dispuesta por la naturaleza al heroísmo y al triunfo. Y allá, en la penumbra del corredor, como un rayo de luz diese sobre el rostro de Juan,[46] y de su brazo, aunque un poco a su zaga, venía Lucía, en la frente de él, vasta y blanca, parecía que se abría una rosa de plata: y de la de Lucía se veían solo, en la sombra oscura del rostro, sus ojos llameantes, como dos amenazas.

—Esta Ana imprudente, dijo Juan con su voz de caricia: ¿cómo no tiene miedo a este aire del crepúsculo?

—¡Pero si es ya el mío natural, Juan querido! Vamos, Pedro: deme el brazo.

—Pero pronto, Pedro, que esta es la hora en que los aromas suben de las flores, y si no la haces presa, se nos escapa.

—¡Este Juan bueno! ¿No es verdad, Juan, que Lucía es una loca? Ya Adela y Pedro me están al lado cuchicheando, de apetito. Vamos, pues, que a esta hora la gente dichosa tiene deseo de tomar el chocolate.

El chocolate fragante les esperaba, servido en una mesa de ónix, en la linda antesala. Era aquel un capricho de domingo. Gustan siempre los jóvenes de lo desordenado e imprevisto. En el comedor, con dos caballeros de edad, discutía las cosas públicas el buen tío de Lucía y Ana, caballero de gorro de seda y pantuflas bordadas. La abuelita de la casa, la madre del señor tío, no salía ya de su alcoba, donde recordaba y rezaba.

La antesala era linda y pequeña, como que se tiene que ser pequeño para ser lindo. De unos tulipanes de cristal trenzado, suspendidos en un ramo del techo por un tubo oculto entre hojas de tulipán simuladas en bronce, caía sobre la mesa de ónix la claridad anaranjada y suave de la lámpara de luz eléctrica incandescente. No había más asientos que pequeñas mecedoras de Viena, de rejilla menuda y madera negra. El pavimento de mosaico de colores tenues que, como el de los atrios de Pompeya, tenía la inscripción "Salve", en el umbral, estaba lleno de banquetas revueltas, como de habitación en que se vive: porque las habitaciones se han de tener lindas, no para enseñarlas, por vanidad, a las visitas, sino para vivir en ellas. Mejora y alivia el contacto constante de lo bello. Todo en la tierra, en estos tiempos negros, tiende a rebajar el alma, todo, libros y cuadros, negocios y afectos, ¡aun en nuestros países azules! Conviene tener siempre delante de los ojos, alrededor, ornando las paredes, animando los rincones donde se refugia la sombra, objetos bellos, que la coloreen y la disipen.

Linda era la antesala, pintado el techo con los bordes de guirnaldas de flo-

---

46   En ELA aparece el nombre de Pedro. Es una errata evidente, pues se hace referencia a Juan. Esta irregularidad se reitera en la primera y segunda edición de OC.

res silvestres, las paredes cubiertas, en sus marcos de roble liso dorado, de cuadros de Madrazo[47] y de Nittis,[48] de Fortuny[49] y de Pasini,[50] grabados en[51]
Goupil;[52] de dos en dos estaban colgados los cuadros, y entre cada dos grupos de ellos, un estantillo de ébano, lleno de libros, no más ancho que los cuadros, ni más alto ni bajo que el grupo. En la mitad del testero que daba frente a la puerta del corredor, una esbelta columna de mármol negro sustentaba
un aéreo busto de la Mignon[53] de Goethe,[54] en mármol blanco, a cuyos pies,
en un gran vaso de porcelana de Tokio, de ramazones azules, Ana ponía siempre mazos de jazmines y de lirios. Una vez la traviesa Adela había colgado al
cuello de Mignon una guirnalda de claveles encarnados. En este testero no
había libros, ni cuadros que no fuesen grabados de episodios de la vida de la
triste niña, y distribuidos como un halo en la pared en derredor del busto. Y
en las esquinas de la habitación, en caballetes negros, sin ornamentos dorados, ostentaban su rica encuadernación cuatro grandes volúmenes. *El Cuervo*, de Edgar Poe,[55] el Cuervo desgarrador y fatídico, con láminas, de Gustavo Doré,[56] que se llevan la mente por los espacios vagos en alas de caballos sin
freno: el *Rubaiyat,*[57] el poema persa, el poema del vino moderado y las rosas

47   Se refiere al pintor español Raimundo Madrazo (1841-1920). Perteneció a una familia de céle-
     bres pintores. Se dedicó al cuadro costumbrista y al retrato, según una técnica realista que evo-
     luciona progresivamente hacia el impresionismo. Martí le dedica un elogioso artículo en el pe-
     riódico The Hour (Nueva York, 21 de febrero de 1880).
48   Giuseppe de Nittis (1846-1884). Pintor italiano que recreó de modo realista diversas escenas ca-
     llejeras de París y de Londres. No obstante, algunas obras suyas figuraron en la histórica "Ex-
     posición de impresionistas", celebrada en París en 1874.
49   Mariano José Fortuny (1846-1884) es uno de los grandes pintores españoles del siglo XIX, cu-
     ya producción abarca géneros muy diversos, desde las escenas históricas de su época hasta el re-
     trato y los paisajes. Fue el primer impresionista de la pintura española y contó con un gran nú-
     mero de discípulos. Martí le dedica un artículo en el periódico The Hour (Nueva York, 20 de
     marzo de 1880).
50   Alberto Pasini (1826-1897). Pintor italiano de estilo realista. Viajó a Persia en su juventud y a
     ello se debe, en gran parte, la profusión de asuntos orientales en sus cuadros.
51   Así en ELA y la edición de Quesada y Aróstegui.
52   Adolphe Goupil (1806-1893). Comerciante francés de obras de arte. Más tarde convierte su
     negocio en una empresa editorial, que publica obras pictóricas y grabados de artistas muy des-
     tacados de su tiempo.
53   Personaje femenino de una balada de Göethe compuesta en 1783. Reaparece en sus novelas
     Años de aprendizaje de Wilhelm Meister (1795) y Años de viajes de Wilhelm Meister
     (1821). Se trata de una muchacha italiana que Wilhelm Meister ha rescatado de una compañía
     de gitanos.
54   Johann Wolfgang Goethe (1749-1832). Poeta y dramaturgo alemán. Es considerado figura ci-
     mera de la literatura de su país y uno de los nombres más altos de las letras universales. Su
     obra la integran dramas (Egmont, Clavijo y Goetz de Berlichinger), novelas (Las desven-
     turas del joven Werther, Los años de aprendizaje de Weilhelm Meister y Las afinidades
     electivas), poesías (Elegías romanas y Hermann y Dorotea) y la creación filosófico-poética
     Fausto.
55   Edgard Allan Poe (1809-1849). Importante poeta y narrador norteamericano. Durante su cor-
     ta vida creó una obra significativa. Son conocidos mundialmente sus poemarios El cuervo, Las
     campanas y Annabel Lee así como sus cuentos "El escarabajo de oro", "Doble asesinato en
     la calle Morgue" y "El gato negro". Fue el creador de las narraciones de horror y misterio
     (Narraciones extraordinarias).
56   Gustavo Doré (1833-1883). Pintor francés especialmente conocido por sus ilustraciones de gran-
     des obras de la literatura universal. Sus escenas se hallan dotadas de gran fantasía y efectos dra-
     máticos, a los que se añade con frecuencia aristas de humor grotesco.
57   Largo poema en cuartetas atribuido al poeta y matemático persa Omar Khayam (muerto en
     1123); en él se exaltan la naturaleza y los placeres de la vida, al tiempo que se concibe el desti-
     no del hombre como un indescifrable misterio.

frescas, con los dibujos apodícticos[58] del norteamericano Elihu Vedder;[59] un rico ejemplar manuscrito, empastado en seda lila, de *Las Noches,* de Alfredo Musset;[60] y un *Wilhelm Meister,*[61] el libro de Mignon,[62] cuya pasta original, recargada de arabescos insignificantes, había hecho reemplazar Juan, en París, por una de tafilete negro mate embutido con piedras preciosas: topacios tan claros como el alma de la niña, turquesas, azules como sus ojos; no esmeraldas, porque no hubo en aquella vaporosa vida; ópalos, como sus sueños; y un rubí grande y saliente, como su corazón hinchado y roto. En aquel singular regalo a Lucía, gastó Juan sus ganancias de un año. Por los bajos de la pared, y a manera de sillas, había, en trípodes de ébano, pequeños vasos chinos, de colores suaves, con mucho amarillo y escaso rojo. Las paredes, pintadas al óleo, con guirnaldas de flores, eran blancas. Causaba aquella antesala, en cuyo arreglo influyó Juan, una impresión de fe y de luz.

Y allí se sentaron los cinco jóvenes, a gustar en sus tazas de coco el rico chocolate de la casa, que en hacerlo fragante era famosa. No tenía mucho azúcar, ni era espeso. ¡Para gente mayor, el chocolate espeso! Adela, caprichosa, pedía para sí la taza que tuviese más espuma.

—Esta, Adela: le dijo Juan, poniendo ante ella, antes de sentarse, una de las tazas de coco negro, en la que la espuma hervía, tornasolada.

—¡Malvado! le dijo Adela, mientras que todos reían, ¡me has dado la de la ardilla!

Eran unas tazas, extrañas también, en que Juan, amigo de cosas patrias, había sabido hacer que el artífice combinara la novedad y el arte. Las tazas eran de esos coquillos negros de óvalo perfecto, que los indígenas realzan con caprichosas labores y leyendas, sumisas estas como su condición, y aquellas pomposas, atrevidas y extrañas, muy llenas de alas y de serpientes, recuerdos tenaces de un arte original y desconocido que la conquista hundió en la tierra, a botes de lanza. Y estos coquillos negros estaban muy pulidos por dentro, y en todo su exterior trabajados en relieve sutil como encaje. Cada taza descansaba en una trípode de plata, formada por un atributo de algún ave o

---

58   Errata en ELA que se reitera en las dos ediciones siguientes: "apolícticos". El significado más importante y utilizado de la palabra "apodíctico" es demostrativo. Es un concepto que designa lo absolutamente verdadero. Se deriva de la Apodíctica: una zona de la lógica que tiene por objeto la demostración.

59   Elihu Vedder (1836-1923). Pintor norteamericano. Se destacó como profesor y crítico de arte. Fue miembro de la National Academy de Nueva York en 1863 y académico en 1865. Su faceta más relevante fue la de pintor e ilustrador. Sus obras se conservan en el Metropolitan Museum, de Nueva York (EL CENTINELA AFRICANO); en el Art Institute of Chicago (TEMPESTAD EN UMBRIA); y en la Biblioteca del Congreso de Washington (el mosaico UNIVERSE).

60   Alfredo de Musset (1810-1857). Poeta, novelista y autor dramático francés. Es considerado uno de los principales representantes del romanticismo en su país. El poemario Las noches, contiene sus poemas genuinamente románticos.

61   Las dos novelas de Goethe que se mencionan en la nota 25 constituyen una sola unidad, es decir, una es continuación de la otra. Fue común en la época para referirse a toda la obra protagonizada por Wilhelm Meister mencionar solamente el nombre del personaje. La bibliografía refiere que con la terminación de WILHELM MEISTER (1794-96) se creaba la primera novela cultural decisiva de la literatura alemana, cuyo contenido y exposición ejercieron absoluta influencia en la producción de la escuela romántica.

62   Debe referirse al personaje. Ver nota 25.

fiera de América, y las dos asas eran dos preciosas miniaturas, en plata también, del animal simbolizado en la trípode. En tres colas de ardilla se asentaba la taza de Adela, y a su chocolate se asomaban las dos ardillas, como a un mar de nueces. Dos quetzales altivos, dos quetzales de cola de tres plumas, larga la del centro como una flecha verde, se asían a los bordes de la taza de Ana: ¡el quetzal noble, que cuando cae cautivo o ve rota la pluma larga de su cola, muere! Las asas de la taza de Lucía eran dos pumas elásticos y fieros, en la opuesta colocación de dos enemigos que se acechan: descansaba sobre tres garras de puma, el león americano. Dos águilas eran las asas de la de Juan; y la de Pedro, la del buen mozo Pedro, dos monos capuchinos.

Juan quería a Pedro, como los espíritus fuertes quieren a los débiles, y como, a modo de nota de color o de grano de locura, quiere, cual forma suavísima del pecado, la gente que no es ligera a la que lo es.

Los hombres austeros tienen en la compañía momentánea de esos pisaverdes alocados el mismo género de placer que las damas de familia que asisten de tapadillo a un baile de máscaras. Hay cierto espíritu de independencia en el pecado, que lo hace simpático cuando no es excesivo. Pocas son por el mundo las criaturas que, hallándose con las encías provistas de dientes, se deciden a no morder, o reconocen que hay un placer más profundo que el de hincar los dientes, y es no usarlos. Pues, ¿para qué es la dentadura, se dicen los más; sobre todo cuando la tienen buena, sino para lucirla, y triturar los manjares que se lleguen a la boca? Y Pedro era de los que lucían la dentadura.

Incapaz, tal vez, de causar mal en conciencia, el daño estaba en que él no sabía cuando causaba mal, o en que, siendo la satisfacción de un deseo, él no veía en ella mal alguno, sino que toda hermosura, por serlo, le parecía de él, y en su propia belleza, la belleza funesta de un hombre perezoso y adocenado, veía como un título natural, título de león, sobre los bienes de la tierra, y el mayor de ellos, que son sus bellas criaturas. Pedro tenía en los ojos aquel inquieto centelleo que subyuga y convida: en actos y palabras, la insolente firmeza que da la costumbre de la victoria, y en su misma arrogancia tal olvido de que la tenía, que era la mayor perfección y el más temible encanto de ella.

Viajero afortunado; con el caudal ya corto de su madre, por tierras de afuera, perdió en ellas, donde son pecadillos las que a nosotros nos parecen con justicia infamias, aquel delicado concepto de la mujer sin el que, por grandes esfuerzos que haga luego la mente, no le es lícito gozar, puesto que no le es lícito creer en el amor de la más limpia criatura. Todos aquellos placeres que no vienen derechamente y en razón de los afectos legítimos, aunque sean champaña de la vanidad, son acíbar de la memoria. Eso en los más honrados, que en los que no lo son, de tanto andar entre frutas estrujadas, llegan a enviciarse los ojos de manera que no tienen más arte ni placer que los de estrujar frutas. Solo Ana, de cuantas jóvenes había conocido a su vuelta de las malas tierras de afuera, le había inspirado, aun antes de su enfermedad, un respeto que en sus horas de reposo solía trocarse en un pensamiento persistente y blando. Pero Ana se iba al cielo: Ana, que jamás hubiera puesto a aquel turbulento mancebo de señor de su alma apacible, como un palacio de nácar; pero que, por esa fatal perversión que atrae a los espíritus desemejantes, no había visto sin un doloroso interés y una turbación primaveral, aquella rica hermosura de hombre, airosa y firme, puesta por la naturaleza como vestidura a un alma escasa, tal como suelen algunos cantantes transportar a inefables deliquios y etéreas esferas a sus oyentes, con la expresión en notas querellosas y cristalinas, blancas como palomas o agudas como puñales, de pasiones que sus espíritus burdos son incapaces de entender ni sentir. ¿Quién no ha visto romper en actos y palabras brutales contra su delicada mujer a un tenor que acababa de cantar, con sobrehumano poder, el "Spirto Gentil" de la *Favorita*?63 Tal la hermosura sobre las almas escasas.

Y Juan, por aquella seguridad de los caracteres incorruptibles, por aquella benignidad de los espíritus superiores, por aquella afición a lo pintoresco de las imaginaciones poéticas, y por lazos de niño, que no se rompen sin gran dolor del corazón, Juan quería a Pedro.64

Hablaban de las últimas modas, de que en París se rehabilita el color verde, de que en París, decía Pedro, nada más se vive.

—Pues yo no, decía Ana. Cuando Lucía sea ya señora formal, adonde vamos los tres es a Italia y a España: ¿verdad, Juan?

—Verdad, Ana. Adonde la naturaleza es bella y el arte ha sido perfecto. A Granada, donde el hombre logró lo que no ha logrado en pueblo alguno de la tierra: cincelar en las piedras sus sueños: a Nápoles, donde el alma se siente contenta, como si hubiera llegado a su término. ¿Tú no querrás, Lucía?

—Yo no quiero que tú veas nada, Juan. Yo te haré, en ese cuarto la Alhambra, y en este patio Nápoles; y tapiaré las puertas, ¡y así viajaremos!

Rieron todos; pero Adela ya había echado camino de París, quién sabe con qué compañero, los deseos alegres. Ella quería saberlo todo, no de aquella tranquila vida interior y regalada, al calor de la estufa, leyendo libros buenos, después de curiosear discretamente por entre las novedades francesas, y estudiar con empeño tanta riqueza artística como París encierra; sino la vida teatral y nerviosa, la vida de museo que en París generalmente se vive, siempre en pie, siempre cansado, siempre adolorido; la vida de las heroínas de teatro, de las gentes que se enseñan, damas que enloquecen, de los nababs65 que deslumbran con el pródigo empleo de su fortuna.

Y mientras que Juan, generoso, dando suelta al espíritu impaciente, sacaba ante los ojos de Lucía, para que se le fuese aquietando el carácter, y se preparaba a acompañarle por el viaje de la existencia, las interioridades lumi-

63 LA FAVORITA. Una de las grandes óperas del compositor italiano Gaetano Donizetti (1797-1848) estrenada en 1840. Autor de otras famosas obras como LUCÍA DE LAMERMOOR y DON PASCUALE.
64 Aquí concluye la segunda entrega de la novela. A partir del párrafo siguiente se inicia la tercera, aparecida el 15 de junio de 1885 (año 1, no. 17). Esta se publicó en la primera página de ELA.
65 Palabra hindi, tomada del árabe. Significa: hombre sumamente rico.

nosas de su alma peculiar y excelsa, y decía cosas que, por la nobleza que enseñaban o la felicidad que prometían, hacían asomar lágrimas de ternura y de piedad a los ojos de Ana, —Adela y Pedro, en plena Francia, iban y venían, como del brazo, por bosques y bulevares. "La Judic[66] ya no se viste con Worth.[67] La mano de la Judic es la más bonita de París. En las carreras es donde se lucen los mejores vestidos. ¡Qué linda estaría Adela, en el pescante de un coche de carreras, con un vestido de lila muy suave, adornado con pasamanería de plata! ¡Ah, y con un guía como Pedro, que conocía tan bien la ciudad, qué pronto no se estaría al corriente de todo! ¡Allí no se vive con estas trabas de aquí, donde todo es malo! La mujer es aquí una esclava disfrazada: allí es donde es la reina. Eso es París ahora: el reinado de la mujer. Acá, todo es pecado: si se sale, si se entra, si se da el brazo a un amigo, si se lee un libro ameno. ¡Pero esa es una falta de respeto, eso es ir contra las obras de la naturaleza! ¿Porque una flor nace en un vaso de Sevres, se la ha de privar del aire y de la luz? ¿Porque la mujer nace más hermosa que el hombre, se le ha de oprimir el pensamiento, y so pretexto de un recato gazmoño, obligarla a que viva, escondiendo sus impresiones, como un ladrón esconde su tesoro en una cueva? Es preciso, Adelita, es preciso. Las mujeres más lindas de París son las sudamericanas. ¡Oh, no habría en París otra tan chispeante como ella!"

—Vea, Pedro, interrumpió a este punto Ana, con aquella sonrisa suya que hacía más eficaces sus reproches, déjeme quieta a Adela. Ud. sabe que yo pinto, ¿verdad?

—Pinta unos cuadritos que parecen música; todos llenos de una luz que sube; con muchos ángeles y serafines. ¿Por qué no nos enseñas el último, Ana mía? Es lindísimo, Pedro, y sumamente extraño.

—¡Adela, Adela!

—De veras que es muy extraño. Es como en una esquina de jardín y el cielo es claro, muy claro y muy lindo. Un joven... muy buen mozo... vestido con un traje gris muy elegante, se mira las manos asombrado. Acaba de romper un lirio, que ha caído a sus pies, y le han quedado las manos manchadas de sangre.

—¿Qué le parece, Pedro, de mi cuadro?

—Un éxito seguro. Yo conocí en París a un pintor de México, un Manuel Ocaranza,[68] que hacía cosas como ésas.

—Entre los caballeros que rompen o manchan lirios quisiera yo que tuviese éxito mi cuadro. ¡Quién pintara de veras, y no hiciera esos borrones míos! Pedro: borrón y todo, en cuanto me ponga mejor, voy a hacer una copia para Vd.

—¡Para mí! Juan, ¿por qué no es este el tiempo en que no era mal visto

---

66 Anne Judic (1850-19ll). Actriz famosa, más conocida por madame Judic y cuyo apellido de soltera fue Damiens. Nació en Semur y murió en Niza. Sobresalió en la interpretación de la comedia de costumbres.
67 M. Worth. Modista parisino, famoso durante los años ochenta del siglo XIX.
68 Manuel Ocaranza (1841-1882). Pintor mexicano de escenas costumbristas y paisajes. Recibió gran influencia del costumbrismo francés. Fue amigo de Martí. Este lo cita con admiración en un artículo para LA NACIÓN de Buenos Aires (13 de junio de 1885). Debió morir alrededor de 1882, porque el Apóstol le dedica con motivo de su fallecimiento el extenso poema "FLOR DE HIELO", incluido en VERSOS LIBRES. Fue novio de Mariana Matilde (Ana), la hermana de Martí que murió en México.

que los caballeros besasen la mano a las damas?

—Para Vd., pero a condición de que lo ponga en un lugar tan visible que por todas partes le salte a los ojos. Y, ¿por qué estamos hablando ahora de mis obras maestras? ¡Ah! porque Vd. me le hablaba a Adela mucho de París. ¡Otro cuadro voy a empezar en cuanto me ponga buena! Sobre una colina voy a pintar un monstruo sentado. Pondré la luna en cenit, para que caiga de lleno sobre el lomo del monstruo, y me permita simular con líneas de luz en las partes salientes los edificios de París más famosos. Y mientras la luna le acaricia el lomo, y se ve por el contraste del perfil luminoso toda la negrura de su cuerpo, el monstruo, con cabeza de mujer, estará devorando rosas. Allá por un rincón se verán jóvenes flacas y desmelenadas que huyen, con las túnicas rotas, levantando las manos al cielo.

—Lucía, dijo Juan reprimiendo mal las lágrimas, al oído de su prima, siempre absorta: ¡y que esta pobre Ana se nos muera!

Pedro no hallaba palabras oportunas, sino aquella confusión y malestar que la gente dada a la frivolidad y el gozo experimenta en la compañía íntima de una de esas criaturas que pasan por la tierra, a manera de visión, extinguiéndose plácidamente, con la feliz capacidad de adivinar las cosas puras, sobrehumanas, y la hermosa indignación por la batalla de apetitos feroces en que se consume la tierra.

—De fieras, yo conozco dos clases, decía una vez Ana: una se viste de pieles, devora animales, y anda sobre garras; otra se viste de trajes elegantes, come animales y almas y anda sobre una sombrilla o un bastón. No somos más que fieras reformadas.

Aquella Ana, cuando estaba en la intimidad, solía decir de estas cosas singulares. ¿Dónde había sufrido tanto la pobre niña salida apenas del círculo de su casa venturosa, que así había aprendido a conocer y perdonar? ¿Se vive antes de vivir? ¿O las estrellas, ganosas de hacer un viaje de recreo por la tierra, suelen por algún tiempo alojarse en un cuerpo humano? ¡Ay! por eso duran tan poco los cuerpos en que se alojan las estrellas.

—¿Conque Ana pinta, y "La Revista de Artes" está buscando cuadros de autores del país que dar a conocer, y este Juan pecador no ha hecho ya publicar esas maravillas en "La Revista"?

—Esta Ana nuestra, Pedro, se nos enoja de que la queramos sacar a luz. Ella no quiere que se vean sus cuadros hasta que no los juzgue bastante acabados para resistir la crítica. Pero la verdad es, Ana, que Pedro Real tiene razón.

—¿Razón, Pedro Real? dijo Ana con una risa cristalina, de madre generosa. No, Juan. Es verdad que las cosas de arte que, no son absolutamente necesarias, no deben hacerse sino cuando se pueden hacer enteramente bien, y estas cosas que yo hago, que veo vivas y claras en lo hondo de mi mente, y con tal realidad que me parece que las palpo, me quedan luego en la tela tan contrahechas y duras que creo que mis visiones me van a castigar, y me regañan, y toman mis pinceles de la caja, y a mí de una oreja, y me llevan delante del cuadro para que vea cómo borran coléricas la mala pintura que hice de ellas. Y luego, ¿qué he de saber yo, sin más dibujo que el que me enseñó el señor Mazuchellí, ni más colores que estos tan pálidos que saco de mí misma?

Seguía Lucía con ojos inquietos la fisonomía de Juan, profundamente interesado en lo que en uno de esos momentos de explicación de sí mismos que gustan de tener los que llevan algo en sí y se sienten morir, iba diciendo Ana. ¡Qué Juan aquel, que la tenía al lado, y pensaba en otra cosa! Ana, sí, Ana era muy buena; pero ¿qué derecho tenía Juan a olvidarse tanto de Lucía, y estando a su lado, poner tanta atención en las rarezas de Ana? Cuando ella estaba a su lado, ella debía ser su único pensamiento. Y apretaba sus labios; se le encendían de pronto, como de un vuelco de la sangre las mejillas; enrollaba nerviosamente en el dedo índice de la mano izquierda un finísimo pañuelo de batista y encaje. Y lo enrolló tanto y tanto, y lo desenrollaba con tal violencia, que yendo rápidamente de una mano a la otra, el lindo pañuelo parecía una víbora, una de esas víboras blancas que se ven en la costa yucateca.

Pero no es por eso por lo que no enseño yo a nadie mis cuadritos, siguió Ana; sino porque cuando los estoy pintando, me alegro o me entristezco como una loca, sin saber por qué: salto de contento, yo que no puedo saltar ya mucho, cuando creo que con un rasgo de pincel le he dado a unos ojos, o a la tórtola viuda que pinté el mes pasado, la expresión que yo quería; y si pinto una desdicha, me parece que es de veras, y me paso horas enteras mirándola, o me enojo conmigo misma si es de aquellas que yo no puedo remediar, como en esas dos telitas mías que tú conoces, Juan, *La madre sin hijo*, y el hombre que se muere en un sillón, mirando en la chimenea el fuego apagado: *El hombre sin amor*. No se ría, Pedro, de esta colección de extravagancias. Ni diga que estos asuntos son para personas mayores; las enfermas son como unas viejitas, y tienen derecho a esos atrevimientos.

—Pero, ¿cómo, le dijo Pedro subyugado, no han de tener sus cuadros todo el encanto y el color de ópalo de su alma?

—¡Oh! ¡oh! a lisonja llaman: vea que ya no es de buen gusto ser lisonjero. La lisonja en la conversación, Pedro, es ya como la Arcadia en la pintura: ¡cosa de principiantes!

—Pero, ¿por qué decías, puso aquí Juan, que no querías exhibir tus cuadros?

—Porque como desde que los imagino hasta que los acabo voy poniendo en ellos tanto de mi alma, al fin ya no llegan a ser telas, sino mi alma misma, y me da vergüenza de que me la vean, y me parece que he pecado con atreverme a asuntos que están mejor para nube que para colores, y como sólo yo sé, cuánta paloma arrulla, y cuánta violeta se abre, y cuánta estrella lucen lo que pinto; como yo sola siento cómo me duele el corazón, o se me llena todo el pecho de lágrimas o me laten las sienes, como si me las azotasen alas, cuando estoy pintando; como nadie más que yo sabe, que esos pedazos de lienzo, por desdichados que me salgan, son pedazos de entrañas mías en que he puesto con mi mejor voluntad lo mejor que hay en mí, ¡me da como una soberbia de pensar que si los enseño en público, uno de esos críticos sabios o caballerines presuntuosos me diga, por lucir un nombre recién aprendido de pintor extranjero, o una linda frase, que esto que yo hago es de Chaplin o de Lefevre,[69] o a mi cuadrito *Flores vivas*, que he descargado sobre él una escopeta llena de colores! ¿Te acuerdas? ¡como si no supiera yo que cada flor de aquellas es una persona que yo conozco, y no hubiera yo estudiado tres o cuatro personas de un mismo carácter, antes de simbolizar el carácter en una flor; como si no supiese yo quién es aquella rosa roja, altiva, con sombras negras, que se levanta por sobre todas las demás en su tallo sin hojas, y aquella otra flor azul que mira al cielo como si fuese a hacerse pájaro y a tender a él las alas, y aquel aguinaldo lindo que trepa humildemente, como un niño castigado, por el tallo de la rosa roja! ¡Malos! ¡escopeta cargada de colores!

—Ana: yo sí que te recogería a ti, con tu raíz, como una flor, y en aquel gran vaso indio que hay en mi mesa de escribir, te tendría perpetuamente, para que nunca se me desconsolase el alma.

—Juan, dijo Lucía, como a la vez conteniéndose y levantándose: ¿quieres venir a oír el *M'odi tu*, que me trajiste el sábado? ¡No lo has oído todavía!

—¡Ah!, y a propósito, no saben Vds., dijo Pedro como poniéndose ya en pie para despedirse, que la cabeza ideal que ha publicado en su último número "La Revista de Artes"...

—¿Qué cabeza? preguntó Lucía, ¿una que parece de una virgen de Rafael,[70] pero con ojos americanos, con un talle que parece el cáliz de un lirio?

—Esa misma, Lucía: pues no es una cabeza ideal, sino la de una niña que va a salir la semana que viene del colegio, y dicen que es un pasmo de hermosura: es la cabeza de Leonor del Valle.

Se puso en pie Lucía con un movimiento que pareció un salto; y Juan alzó del suelo, para devolvérselo, el pañuelo, roto.

---

69   Charles-Josuah Chaplin (1825-1891) y Jules Lefèvre (1836-1912). Pintores románticos franceses dedicados al retrato femenino.
70   Rafael Sanzio (1483-1520). Pintor, arquitecto y arqueólogo de la escuela romana. Junto a Leonardo de Vinci y Miguel Ángel es considerado la más alta personificación del genio artístico del Renacimiento. Dejó numerosas obras importantes: LA SAGRADA FAMILIA, LA BELLA JARDINERA, SAN MIGUEL DERRIBANDO AL DEMONIO, los frescos de las Cámaras y de las Logías del Vaticano, entre otras.

Capítulo II

Como veinte años antes de la historia que vamos narrando, llegaron a la ciudad donde sucedió, un caballero de mediana edad y su esposa, nacidos ambos en España, de donde, en fuerza de cierta indómita condición del honrado don Manuel del Valle, que le hizo mal mirado de las gentes del poder como cabecilla y vocero de las ideas liberales, decidió al fin salir el señor don Manuel; no tanto porque no le bastase al sustento su humilde mesa de abogado de provincia, cuanto porque siempre tenía, por moverse o por estarse quedo, al guindilla, como llaman allá al policía, encima; y porque, a consecuencia de querer la libertad limpia y para buenos fines, se quedó con tan pocos amigos entre los mismos que parecían defenderla, y lo miraban como a un celador enojoso, que esto más le ayudó a determinar, de un golpe de cabeza venir a "las Repúblicas de América", imaginando, que donde no había reina liviana,[71] no habría gente oprimida, ni aquella traílla[72] de cortesanos perezosos y aduladores, que a don Manuel le parecían vergüenza rematada de su especie, y, por ser hombre él, como un pecado propio.

Era de no acabar de oírle, y tenerle que rogar que se calmase, cuando con aquel lenguaje pintoresco y desembarazado recordaba, no sin su buena cerrazón de truenos y relámpagos y unas amenazas grandes como torres, los bellacos oficios de tal o de cual marquesa, que auxiliando ligerezas ajenas querían hacer, por lo comunes, menos culpables las propias; o tal historia de un capitán de guardias, que pareció bien en la corte con su ruda belleza de montañés y su cabello abundante y alborotado, y apenas entrevió su buena fortuna tomó prestados unos dineros, con que enrizarse, en lo del peluquero la cabellera, y en lo del sastre vestir de paño bueno, y en lo del calzador comprarse unos botitos, con que estar galán en la hora en que debía ir a palacio,

---

71   Alusión a Isabel II (1830-1904), reina de España, acerca de cuyos numerosos amoríos fueron frecuentes los comentarios. Hija de Fernando VII y de María Cristina de Nápoles, sucedió a su padre en 1833 bajo la regencia materna. Su elevación al trono provocó la primera guerra carlista.

72   Errata en ELA, asumida por la edición de Quesada y Aróstegui: "trabilla".

donde al volver el capitán con estas donosuras, pareció tan feo y presumido que en poco estuvo que perdiese algo más que la capitanía. Y de unas jiras, o fiestas de campo, hablaba de tal manera don Manuel, así como de ciertas cenas en la fonda de un francés, que cuando contaba de ellas no podía estar sentado; y daba con el puño sobre la mesa que le andaba cerca, como para acentuar las palabras, y arreciaban los truenos, y abría cuantas ventanas o puertas hallaba a mano. Se desfiguraba el buen caballero español, de santa ira, la cual, como apenado luego de haberle dado riendas en tierra que al fin no era la suya, venía siempre a parar en que don Manuel tocase en la guitarra que se había traído cuando el viaje, con una ternura que solía humedecer los ojos suyos y los ajenos, unas serenatas de su propia música, que más que de la rondalla aragonesa que le servía como de arranque y *ritornello*, tenía de desesperada canción de amores de un trovador muerto de ellos por la dama de un duro castellano, en un castillo, allá tras de los mares, que el trovador no había de ver jamás.

En esos días la linda doña Andrea, cuyas largas trenzas de color castaño eran la envidia de cuantas se las conocían, extremaba unas pocas habilidades de cocina, que se trajo de España, adivinando que complacería con ellas más tarde a su marido. Y cuando en el cuarto de los libros, que en verdad era la sala de la casa, centelleaba don Manuel, sacudiéndose más que echándose sobre uno y otro hombro alternativamente los cabos de la capa que so pretexto de frío se quitaba raras veces, era fijo que andaba entrando y saliendo por la cocina, con su cuerpo elegante y modesto, la buena señora doña Andrea, poniendo mano en un pisto manchego, o aderezando unas farinetas[73] de Salamanca que a escondidas había pedido a sus parientes en España, o preparando, con más voluntad que arte, un arroz con chorizo, de cuyos primores, que acababan de calmar las iras del republicano, jamás dijo mal don Manuel del Valle, aun cuando en sus adentros reconociese que algo se había quemado allí, o sufrido accidente mayor: o los chorizos, o el arroz, o entrambos. ¡Fuera de la patria, si piedras negras se reciben de ella, de las piedras negras parece que sale luz de astro!

Era de acero fino don Manuel, y tan honrado, que nunca, por muchos que fueran sus apuros, puso su inteligencia y saber, ni excesivos ni escasos, al servicio de tantos poderosos e intrigantes como andan por el mundo, quienes suelen estar prontos a sacar de agonía a las gentes de talento menesterosas, con tal que estas se presten a ayudar con sus habilidades el éxito de las tramas con que aquellos promueven y sustentan su fortuna: de tal modo que, si se va a ver, está hoy viviendo la gente con tantas mañas, que es ya hasta de mal gusto ser honrado.

En este diario y en aquel, no bien puso el pie en el país, escribió el señor Valle con mano ejercitada, aunque un tanto febril y descompuesta, sus azotainas contra las monarquías y vilezas que engendra, y sus himnos, encendi-

---

73   Comida confeccionada con harina, cocida con agua y sal, que se puede aderezar con leche, miel u otro aliño.

dos como cantos de batalla, en loor de la libertad, de que "los campos nuevos y los altos montes y los anchos ríos de esta linda América, parecen natural sustento".

Mas a poco de esto, hacía veinticinco años a la fecha de nuestra historia, tales cosas iba viendo nuestro señor don Manuel que volvió a tomar la capa, que por inútil había colgado en el rincón más hondo del armario, y cada día se fue callando más, y escribiendo menos, y arrebujándose mejor en ella, hasta que guardó las plumas, y muy apegado ya a la clemente temperatura del país y al dulce trato de sus hijos para pensar en abandonarlo, determinó abrir escuela; si bien no introdujo en el arte de enseñar, por no ser aún este muy sabido tampoco en España, novedad alguna que acomodase mejor a la educación de los hispanoamericanos fáciles y ardientes, que los torpes métodos en uso, ello es que con su Iturzaeta[74] y su Aritmética de Krüger y su Dibujo Lineal, y unas encendidas lecciones de Historia, de que salía bufando y escapando Felipe Segundo como comido de llamas, el señor Valle sacó una generación de discípulos, un tanto románticos y dados a lo maravilloso, pero que fueron a su tiempo mancebos de honor y enemigos tenaces de los gobiernos tiránicos. Tanto que hubo vez en que, por cosas como las de poner en su lugar a Felipe Segundo,[75] estuvo a punto el señor don Manuel de ir, con su capa y su cuaderno de Iturzaeta, a dar en manos de los guindillas americanos "en estas mismísimas Repúblicas de América". A la fecha de nuestra historia, hacía ya unos veinticinco años de esto.

Tan casero era don Manuel, que apenas pasaba año sin que los discípulos tuviesen ocasión de celebrar, cuál con una gallina, cuál con un par de pichones, cuál con un pavo, la presencia de un nuevo ornamento vivo de la casa.

—Y ¿qué ha sido, don Manuel? ¿Algún Aristogitón[76] que haya de librar a la patria del tirano?

—¡Calle Vd., paisano: calle Vd. Un malakoff más! Malakoff,[77] llamaban entonces, por la torre famosa en la guerra de Crimea, a lo que en llano se ha llamado siempre miriñaque o crinolina.

74   Se refiere al célebre calígrafo español José Francisco Iturzaeta (1788-1855), quien ocupó varios cargos importantes en la enseñanza en su país. Su Caligrafía para niños se estudiaba en todos los colegios españoles.

75   Felipe II, el Prudente (1527-1598). Rey de España y Portugal. Hijo de Carlos I de España y V de Alemania, y de Isabel de Portugal. Sube al trono en 1556 tras la abdicación de su padre. Se recuerda como un monarca enérgico, perseverante y hábil diplomático. Mantuvo como misión capital la defensa del catolicismo en Europa, y de la unidad real de España. Luchó contra los franceses, hasta la firma del tratado de Chateau Cambreis. En 1558 luchó contra Isabel de Inglaterra, enviando la legendaria Armada Invencible, que fue destruida por una tempestad. Impulsó la construcción del Escorial. Gobernó en la época de mayor extensión y poderío del imperio español.

76   Ateniense del siglo VI a.n.e., quien, junto con Harmodio, organizó una revolución triunfante contra los tiranos Hippias e Hiparco. Tanto Aristogitón como Harmodio son motivos frecuentes en la escultura y en la épica griegas.

77   Principal fortaleza rusa que defendió a Sebastopol durante la guerra de Crimea entre Rusia y los aliados (Inglaterra, Francia y Turquía). Fue tomada por los franceses el 8 de septiembre de 1855 y su caída propició que los rusos huyeran de Sebastopol. A pesar del tiempo que duró esta batalla y las miles de bajas que provocó de ambas partes, no fue un triunfo que determinó el fin de la guerra. En tal sentido, parece que en el lenguaje popular de la época el término definía asuntos de poca importancia como los propios miriñaques —refajos huecos con armadores de alambres— a que Martí hace referencia.

Y don Manuel quería mucho a sus hijos, y se prometía vivir cuanto pudiese para ellos; pero le andaba desde hacía algún tiempo por el lado izquierdo del pecho un carcominillo que le molestaba de verdad, como una cestita de llamas que estuviera allí encendida, de día y de noche, y no se apagase nunca. Y como cuando la cestita le quemaba con más fuerza sentía él un poco paralizado el brazo del corazón, y todo el cuerpo vibrante, como las cuerdas de un violín, y después de eso le venían de pronto unos apetitos de llorar y una necesidad de tenderse por tierra, que le ponían muy triste, aquel buen don Manuel no veía sin susto cómo le iban naciendo tantos hijos, que en el caso de su muerte habían de ser más un estorbo que una ayuda para "esa pobre Andrea, que es mujer muy señora y bonaza, pero ¡para poco, para poco!"

Cinco hijas llegó a tener don Manuel del Valle, mas antes de ellas le había nacido un hijo, que desde niño empezó a dar señales de ser alma de pro. Tenía gustos raros y bravura desmedida, no tanto para lidiar con sus compañeros, aunque no rehuía la lidia en casos necesarios, como para afrontar situaciones difíciles, que requerían algo más que la fiereza de la sangre o la presteza de los puños. Una vez, con unos cuantos compañeros suyos, publicó en el colegio un periodiquín manuscrito, y por supuesto revolucionario, contra cierto pedante profesor que prohibía a sus alumnos argumentarle sobre los puntos que les enseñaba: y como un colegial aficionado al lápiz, pintase de pavo real a este maestrazo, en una lámina repartida con el periodiquín, y don Manuel, en vista de la queja del pavo real, amenazara en sala plena con expulsar del colegio en consejo de disciplina al autor de la descortesía, aunque fuese su propio hijo, el gentil Manuelillo, digno primogénito del egregio varón, quiso quitar de sus compañeros toda culpa, y echarla entera sobre sí; y levantándose de su asiento, dijo, con gran perplejidad del pobre don Manuel, y murmullos de admiración de la asamblea:

—Pues, señor Director: yo solo he sido.

Y pasaba las noches en claro, luego que se le extinguía la vela escasa que le daban, leyendo a la luz de la luna. O echaba a caminar, con las *Empresas* de Saavedra Fajardo[78] bajo el brazo, por las calles umbrosas de la Alameda, y creyéndose a veces nueva encarnación de las grandes figuras de la historia, cuyos gérmenes le parecía sentir en sí, y otras desesperando de hacer cosa que pudiera igualarlo a ellas, rompía a llorar, de desesperación y de ternura. O se iba de noche a la orilla de la mar, a que le salpicasen el rostro las gotas frescas que saltaban del agua salada al reventar contra las rocas.

Leía cuanto libro le caía a la mano. Montaba en cuanto caballo veía a su alcance: y mejor, si lo hallaba en pelo; y si había que saltar una cerca, mejor. En una noche se aprendía los libros que en todo el año escolar no podían a veces dominar sus compañeros; y aunque la Historia Natural, y la Universal, y cuanto añadiese algo útil a su saber, y le estimulase el juicio y la verba, eran

---

78   Diego Saavedra Fajardo (1584-1648). Escritor, crítico y diplomático español. Uno de los prosistas barrocos que más influyera en Martí. Entre sus obras se destaca IDEA DE UN PRÍNCIPE POLÍTICO CRISTIANO REPRESENTADA EN CIEN EMPRESAS, también conocida por LAS EMPRESAS. Publicada en Madrid (1675, 1689, 1690), alcanzó muchas otras ediciones y traducciones en diversas ciudades europeas y del mundo.

sus materias preferidas, a pocas ojeadas penetraba el sentido de la más negra lección de Álgebra, tanto que su maestro, un ingeniero muy mentado y brusco, le ofreció enseñarle, en premio de su aplicación, la manera de calcular lo infinitésimo.

Escribía Manuelillo, en semejanza de lo que estaba en boga entonces, unas letrillas y artículos de costumbres que ya mostraban a un enamorado de la buena lengua; pero a poco se soltó por natural empuje, con vuelos suyos propios, y empezó a enderezar a los gobernantes que no dirigen honradamente a sus pueblos, unas odas tan a lo pindárico,[79] y recibidas con tal favor entre la gente estudiantesca, que en una revuelta que tramaron contra el Gobierno unos patricios que andaban muy solos, pues llevaban consigo la buena doctrina, fue hecho preso don Manuelillo, quien en verdad tenía en la sangre el microbio sedicioso; y bien que tuvieron que empeñarse los amigos pudientes de don Manuel para que en gracia de su edad saliese libre el Pindarito, a quien su padre, riñéndole con los labios, en que le temblaban los bigotes, como los árboles cuando va a caer la lluvia, y aprobándole con el corazón, envió a seguir, en lo que cometió grandísimo error, estudios de Derecho en la Universidad de Salamanca, más desfavorecida que otras de España, y no muy gloriosa ahora, pero donde tenía la angustiada doña Andrea los buenos parientes que le enviaban las farinetas.

Se fue el de las odas en un bergantín que había venido cargado de vinos de Cádiz; y, sentadito en la popa del barco, fijaba en la costa de su patria los ojos anegados de tan triste manera, que a pesar del águila nueva que llevaba en el alma, le parecía que iba todo muerto y sin capacidad de resurrección y que era él como un árbol prendido a aquella costa por las raíces, al que el buque llevaba atado por las ramas pujando mar afuera, de modo que sin raíces se quedaba el árbol, si lograba arrancarlo de la costa la fuerza del buque, y moría: o como el tronco no podía resistir aquella tirantez, se quebraría al fin, y moría también: pero lo que don Manuelillo veía claro, era que moría de todos modos. Lo cual, ¡ay! fue verdad, cuatro años más tarde, cuando de Salamanca había hallado aquel niño manera de pasar, como ayo en la casa de un conde carlista,[80] a estudiar a Madrid. Se murió de unas fiebres enemigas, que le empezaron con grandes aturdimientos de cabeza, y unas visiones dolorosas y tenaces que él mismo describía en su cama revuelta, de delirante, con palabras fogosas y desencajadas, que parecían una caja de joyas rotas; y sobre todo, una visión que tenía siempre delante de los ojos, y creía que se le venía encima, y le echaba un aire encendido en la frente, y se iba de mal humor, y se volvía a él de lejos, llamándole con muchos brazos: la visión de una palma en llamas. En su tierra, las llanuras que rodeaban la ciudad estaban cubiertas de palmas.

---

79   Relativo a Píndaro (518-¿438? a.n.e.). Poeta griego. Considerado como uno de los más grandes líricos por sus célebres EPINICIOS o cantos de la palestra deportiva, divididos en "NEMEAS", "OLÍMPICOS", "PÍTICAS" e "ÍSTMICAS", que servían de nombre a los concursos deportivos que se celebraban en Grecia.

80   Partidario del carlismo. Tendencia política española que sostuvo el derecho alegado por don Carlos María Isidro de Borbón (llamado Carlos V por sus seguidores) y sus descendientes varones a ocupar el trono de España a partir del reinado de Isabel II, declarada soberana en el año 1833. Hubo varias guerras carlistas.

No murió don Manuel del pesar de que hubiese muerto su hijo, aunque bien pudo ser; sino que dos años antes, y sin que Manuelillo lo supiese, se sentó un día en su sillón, muy envuelto en su capa, y con la guitarra al lado, como si sintiese en el alma unas muy dulces músicas, a la vez que un frescor húmedo y sabroso, que no era el de todos los días, sino mucho más grato. Doña Andrea estaba sentada en una banqueta a sus pies, y lo miraba con los ojos secos, y crecidos, y le tenía las manos. Dos hijas lloraban abrazadas en un rincón: la mayor, más valiente, le acariciaba con la mano los cabellos, o lo entretenía con frases zalameras, mientras le preparaba una bebida; de pronto, desasiéndose bruscamente de las manos de doña Andrea, abrió don Manuel los brazos y los labios como buscando aire; los cerró violentamente alrededor de la cabeza de doña Andrea, a quien besó en la frente con un beso frenético; se irguió como si quisiera levantarse, con los brazos al cielo; cayó sobre el respaldo del asiento, estremeciéndosele el cuerpo horrendamente, como cuando en tormenta furiosa un barco arrebatado sacude la cadena que lo sujeta al muelle; se le llenó de sangre todo el rostro, como si en lo interior del cuerpo se le hubiese roto el vaso que la guarda y distribuye; y blanco, y sonriendo, con la mano casualmente caída sobre el mango de su guitarra, quedó muerto. Pero nunca se lo quiso decir doña Andrea a Manuelillo, a quien contaban que el padre no escribía porque sufría de reumatismo en las manos, para que no le entrase el miedo por las angustias de la casa, y quisiese venir a socorrerlas, interrumpiendo antes de tiempo sus estudios. Y era también que doña Andrea conocía que su pobre hijo había nacido comido de aquellas ansias de redención y evangélica quijotería que le habían enfermado el corazón al padre, y acelerado su muerte; y como en la tierra en que vivían había tanto que redimir, y tanta cosa cautiva que libertar, y tanto entuerto que poner derecho, veía la buena madre, con espanto, la hora de que su hijo volviese a su patria, cuya hora, en su pensar, sería la del sacrificio de Manuelillo.

—¡Ay! decía doña Andrea, una vez que un amigo de la casa le hablaba con esperanzas del porvenir del hijo. Él será infeliz y nos hará aún más infelices sin quererlo. Él quiere mucho a los demás, y muy poco a sí mismo. Él no sabe hacer víctimas, sino serlo. Afortunadamente, aunque de todos modos, por desdicha de doña Andrea, Manuelillo había partido de la tierra antes de volver a ver la suya propia, ¡detrás de la palma encendida![81]

¿Quién que ve un vaso roto, o un edificio en ruina, o una palma caída, no piensa en las viudas? A don Manuel no le habían bastado las fuerzas, y en tierra extraña esto había sido mucho, más que para ir cubriendo decorosamente con los productos de su trabajo las necesidades domésticas. Ya el ayudar a Manuelillo a mantenerse en España le había puesto en muy grandes apuros.

Estos tiempos nuestros están desquiciados, y con el derrumbe de las antiguas vallas sociales y las finezas de la educación, ha venido a crearse una

81 Aquí concluye la tercera entrega de la novela. A partir del párrafo siguiente se inicia la cuarta, aparecida el 1° de julio de 1885 (año 1, no. 18). Esta se publicó en la primera página de ELA.

nueva y vastísima clase de aristócratas de la inteligencia, con todas las necesidades de parecer y gustos ricos que de ella vienen, sin que haya habido tiempo aún, en lo rápido del vuelco, para que el cambio en la organización y re-
partimiento de las fortunas corresponda a la brusca alteración en las relaciones
sociales, producidas por las libertades políticas y la vulgarización de los cono-
cimientos. Una hacienda ordenada es el fondo de la felicidad universal. Y bús-
quese en los pueblos, en las casas, en el amor mismo más acendrado y seguro, la causa de tantos trastornos y rupturas, que los oscurecen y afean, cuando
no son causa del apartamiento, o de la muerte, que es otra forma de él: la hacienda es el estómago de la felicidad. Maridos, amantes, personas que aún
tenéis que vivir y anheláis prosperar: ¡organizad bien vuestra hacienda!

De este desequilibrio, casi universal hoy, padecía la casa de don Manuel,
obligado con sus medios de hombre pobre a mantenerse, aunque sin ostenta-
ción ni despilfarro, como caballero rico. ¿Ni quién se niega, si los quiere bien,
a que sus hijos brillantes e inteligentes, aprendan esas cosas de arte, el dibujar, el pintar, el tocar piano, que alegran tanto la casa, y elevan, si son bien
comprendidas y caen en buena tierra, el carácter de quien las posee, esas cosas de arte que apenas hace un siglo eran todavía propiedad casi exclusiva de
reinas y princesas? ¿Quién que ve a sus pequeñines finos y delicados, en virtud de esa aristocracia del espíritu que estos tiempos nuevos han sustituido a
la aristocracia degenerada de la sangre, no gusta de vestirlos de linda manera, en acuerdo con el propio buen gusto cultivado, que no se contenta con
falsificaciones y bellaquerías, y de modo que el vestir complete y revele la distinción del alma de los queridos niños? Uno, padrazo ya, con el corazón es-
tremecido y la frente arrugada, se contenta con un traje negro bien cepillado
y sin manchas, con el cual, y una cara honrada, se está bien y se es bien recibido en todas partes; pero, ¡para la mujer, a quien hemos hecho sufrir tanto!
¡para los hijos, que nos vuelven locos y ambiciosos, y nos ponen en el corazón la embriaguez del vino, y en las manos el arma de los conquistadores!
¡para ellos, oh, para ellos, todo nos parece poco!

De manera que, cuando don Manuel murió, sólo había en la casa los objetos de su uso y adorno, en que no dejaba de adivinarse más el buen gusto
que la holgura, los libros de don Manuel, que miraba la madre como pensamientos vivos de su esposo, que debían guardarse íntegros a su hijo ausente,
y los enseres de la escuela, que un ayudante de don Manuel, que apenas le
vio muerto, se alzó con la mayor parte de sus discípulos, halló manera de comprar a la viuda, abandonada así por el que en conciencia debió continuar ayu-
dándola, en una suma corta, la mayor, sin embargo, que después de la muerte de don Manuel se vio nunca en aquella pobre casa. Hacen pensar en las
viudas las palmas caídas.

Este o aquel amigo, es verdad, querían saber de vez en cuando qué tal le
iba yendo a la pobre señora. ¡Oh! se interesaban mucho por su suerte. Ya ella

sabía: en cuanto le ocurriese algo no tenía más que mandar. Para cualquier cosa, para cualquier cosa estaban a su disposición. Y venían en visita solemne, en día de fiesta, cuando suponían que había gente en la casa; y se iban haciendo muchas cortesías, como si con la ceremonia de ellas quisiesen hacer olvidar la mayor intimidad que podría obligarlos a prestar un servicio más activo. Da espanto ver cuán sola se queda una casa en que ha entrado la desgracia: da deseos de morir.

¿Qué se haría doña Andrea, con tantas hijas, dos de ellas ya crecidas; con el hijo en España, aunque ya el noble mozo había prohibido, aun suponiendo a su padre vivo, que le enviasen dinero? ¿qué se haría con sus hijas pequeñas, que eran, las tres, por lo modestas y unidas, la gala del colegio; con Leonor, la última flor de sus entrañas, la que las gentes detenían en la calle para mirarla a su placer, asombradas de su hermosura? ¿qué se haría doña Andrea? Así, cortado el tronco, se secan las ramas del árbol, un tiempo verdes, abandonadas sobre la tierra. ¡Pero los libros de don Manuel no! esos no se tocaban: nada más que a sacudirlos, en la piececita que les destinó en la casa pobrísima que tomó luego, permitía la señora que entrasen una vez al mes. O cuando, ciertos domingos, las demás niñas iban a casa de alguna conocida a pasar la tarde, doña Andrea se entraba sola en la habitación, con Leonor de la mano, y allí a la sombra de aquellos tomos, sentada en el sillón en que murió su marido, se abandonaba a conversaciones mentales, que parecían hacerle gran bien, porque salía de ellas en un estado de silenciosa majestad, y como más clara de rostro y levantada de estatura; de tal modo que las hijas cuando volvían de su visita, conocían siempre, por la mayor blandura en los ademanes, y expresión de dolorosa felicidad de su rostro, si doña Andrea había estado en el cuarto de los libros. Nunca Leonor parecía fatigada de acompañar a su madre en aquellas entrevistas: sino que, aunque ya para entonces tenía sus diez años, se sentaba en la falda de su madre, apretada en su regazo o abrazada a su cuello, o se echaba a sus pies, reclinando en sus rodillas la cabeza, con cuyos cabellos finos jugaba la viuda, distraída. De vez en cuando, pocas veces, la cogía doña Andrea en un brusco movimiento en sus brazos, y besando con locura la cabeza de la niña rompía en amarguísimos sollozos. Leonor, silenciosamente, humedecía en todo este tiempo la mano de su madre con sus besos.

De España se trajo pocas cosas don Manuel, y doña Andrea menos, que era de familia hidalga y pobre. Y todo, poco a poco, para atender a las necesidades de la casa, fue saliendo de ella: hasta unas perlas margaritas que habían llevado de América a Salamanca un tío, abuelo de doña Andrea, y un aguacate de esmeralda de la misma procedencia, que recibió de sus padres como regalo de matrimonio; hasta unas cucharas y vasos de plata que se estrenaron cuando se casó la madre de don Manuel, y éste solía enseñar con orgullo a sus amigos americanos, para probar en sus horas de desconfianza de la libertad, cuánto más sólidos eran los tiempos, cosas y artífices de antaño.

Y todas las maravillas de la casa fueron cayendo en manos de inclementes compradores; una escena autógrafa de *El delincuente honrado*[82] de Jovellanos; una colección de monedas romanas y árabes de Zaragoza, de las cuales los árabes estimulaban la fantasía y avivaban las miradas de Manuelillo cada vez que el padre le permitía curiosear en ellas; una carta de doña Juana la Loca, que nunca fue loca, a menos que amar bien no sea locura, y en cuya carta, escrita de manos del secretario Passamonte, se dicen cosas tan dignas y tan tiernas que dejaban enamorados de la reina a los que las leían, y dulcemente conmovidas las entrañas.

Así se fueron otras dos joyas que don Manuel había estimado mucho, y mostraba con la fruición de un goloso que se complace traviesamente en hacer gustar a sus amigos un plato cuya receta está decidido a no dejarles conocer jamás: un estudio en madera, de la cabeza de San Francisco, de Alonso Cano,[83] y un dibujo de Goya,[84] con lápiz rojo, dulce como una cabeza del mismo Rafael.

Con las cucharas de plata se pagó un mes la casa: la esmeralda dio para tres meses: con las monedas fueron ayudándose medio año. Un desvergonzado compró la cabeza, en un día de angustia, en cinco pesos. Un tanto se auxiliaban con unos cuantos pesos que, muy mal cobrados y muy regañados, ganaban doña Andrea y las hijas mayores enseñando a algunas niñas pequeñas del barrio pobre donde habían ido a refugiarse en su penuria. Pero el dibujo de Goya, ese sí se vendió bien. Ese, él solo, produjo tanto como las margaritas y las cucharas de plata, y el aguacate. El dibujo de Goya, única prenda que no se arrepintió doña Andrea de haber vendido, porque le trajo un amigo, lo compró Juan Jerez, Juan Jerez que cuando murió en Madrid Manuelillo, y la madre extremada por los gastos en que la puso una enfermedad grave de su niña Leonor, se halló un día pensando con espanto en que era necesario venderlos, compró los libros a doña Andrea, mas no se los llevó consigo, sino que se los dejó a ella "porque él no tenía donde ponerlos, y cuando los necesitase, ya se los pediría". Muy ruin tiene que ser el mundo, y doña Andrea sabía de sobra que suele ser ruin, para que ese día no hubiese satisfecho su impulso de besar a Juan la mano.

Pero Juan, joven rico y de padres y amistades que no hacían suponer que

---

82 Obra de Gaspar Melchor de Jovellanos (1744-1811). Drama sentimental escrito en 1773, donde se expresa el conflicto entre la dureza de la legislación vigente y las costumbres sociales del país, con un propósito típicamente ilustrado; se dice que fue concebido bajo la influencia de Diderot. Su carácter sentimental y su valor didáctico-moral debieron ser muy bien estimados por Martí. Fue autor de diversas obras, entre ellas Informe sobre la ley agraria y Elogio de las bellas Artes (1782).

83 Alonso Cano (1601-1667). Escultor, pintor y arquitecto granadino, uno de los máximos representantes del arte barroco español. Como escultor dejó, entre otras, La virgen del Rosario (Granada) y La dolorosa; como pintor, San Jerónimo (Museo del Prado) y La visitación (Granada).

84 Francisco de Goya (1746-1828). Pintor español. Es considerado por la crítica como uno de los más grandes precursores de la pintura moderna. Pintor de la corte de España (retratos de Carlos III, María Luisa, Carlos IV y su familia). Fue testigo de la epopeya del pueblo madrileño ante la invasión napoleónica. Durante esta etapa (1810-1814) apareció la serie de grabados Los desastres de la guerra.

buscase esposa en aquella casa desamparada y humilde, comprendió que no debía ser visita de ella, donde ya eran alegría de los ojos y del corazón, más por lo honestas que por lo lindas, las dos niñas mayores, y muy distraído el pensamiento en cosas de la mayor alteza, y muy fino y generoso, y muy sujeto ya por el agradecimiento del amor que le mostraba a su prima Lucía, ni visitaba frecuentemente la casa de doña Andrea, ni hacía alarde de no visitarla, como que le llevó su propio médico cuando la enfermedad de Leonor, y volvió cuando la venta de los libros, y cuando sabía alguna aflicción de la señora, que con su influjo, si no con su dinero que solía escasearle, podía tener remedio.

Lo que, como un lirio de noche en una habitación oscura, tuvo en medio de todas estas agonías iluminada el alma de doña Andrea, y le aseguró en su creencia bondadosa en la nobleza de la especie humana, fue que, ya porque en realidad la apenase la suerte de viuda, ya porque creyera que había de parecer mal, siendo como el don Manuel bien querido, y maestro como ella, que permitieran la salida de sus hijas del colegio por falta de paga, la directora del Instituto de la Merced, el más famoso y rico del país, hizo un día, en un hermoso coche, una visita, que fue muy sonada, a casa de doña Andrea, y allí le dijo magnánimamente, cosa que enseguida vociferó y celebró mucho la prensa, que las tres niñas recibirían en su colegio, si ella no lo mandaba de otro modo, toda su educación, como externas, sin gasto alguno. Aquella vez sí que doña Andrea, sin los miramientos que en el caso de Juan habían más tarde de impedírselo, cubrió de besos la mano de la directora, quien la trató con una hermosa bondad pontificia, y como una mujer inmaculada trata a una culpable, tras de lo cual se volvió muy oronda a su colegio, en su arrogante coche.

Es verdad que las niñas no decían a doña Andrea que, aunque no las había en el colegio más aplicadas que ellas, ni que llevaran los vestidos más blancos y bien cuidados, ni que, en la clase y recreo mostrasen mayor compostura, los vales a fin de semana, y los primeros puestos en las competencias, y los premios en los exámenes, no eran nunca para ellas, los regaños, sí. Cuando la niña del ministro había derramado un tintero, de seguro que no había sido la niña del ministro, ¿cómo había de ser la hija del ministro?, había sido una de las tres niñas del Valle. La hija de Mr. Floripond, el poderoso banquero, la fea, la huesuda, la descuidada, la envidiosa Iselda, había escondido, donde no pudiese ser hallado, su caja de lápices de dibujar: por supuesto, la caja no aparecía: "¡Allí todas las niñas tenían dinero para comprar sus cajas! ¡las únicas que no tenían dinero allí eran las tres del Valle!" y las registraban, a las pobrecitas, que se dejaban registrar con la cara llena de lágrimas, y los brazos en cruz, cuando por fortuna la niña de otro banquero, menos rico que Mr. Floripond, dijo que había visto a Iselda poner la caja de lápices en la bolsa de Leonor. Pero tan buenas y serviciales fueron, tan apretaditas se sentaban siempre las tres, sin jugar, o jugando entre sí, en la hora de recreo; con tal mansedumbre obedecían los mandatos más destemplados e injustos; con tal sumisión, por el amor de su madre, soportaban aquellos rigores, que las ayudantes del colegio, solas y desamparadas ellas mismas, comenzaron a tratarlas con alguna ternura, a encomendarles la copia de las listas de la clase, a darles a afilar sus lápices, a distinguirlas con esos pequeños favores de los maestros que ponen tan orondos a los niños, y que las tres hijas de del Valle recompensaban con una premura en el servirlos y una modestia y gracia tal que les ganaba las almas más duras. Esta bondadosa disposición de las ayudantes subió de punto cuando la directora, que no tenía hijos, y era aún una muy bella mujer, dio muestras de aficionarse tan especialmente a Leonor, que algunas tardes la dejaba a comer a su mesa, enviándola luego a doña Andrea con un afectuoso recado; y un domingo la sacó a pasear en su carruaje, complaciéndose visiblemente aquel día en responder con su mejor sonrisa a todos los saludos.

Porque los que poseen una buena condición, si bien la persiguen implacablemente en los demás cuando por causa de la posición o edad de estos teman que lleguen a ser sus rivales, se complacen, por el contrario, por una especie de prolongación de egoísmo y por una fuerza de atracción que parece incontrastable y de naturaleza divina, en reconocer y proclamar en otros la condición que ellos mismos poseen, cuando no puede llegar a estorbarles.

Se aman y admiran a sí propios en los que, fuera ya de este peligro de rivalidad, tienen las mismas condiciones de ellos. Los miran como una renovación de sí mismos, como un consuelo de sus facultades que decaen, como si se viesen aun a sí propios tales como son aquellas criaturas nuevas, y no como ya van siendo ellos. Y las atraen a sí, y las retienen a su lado, como si quisiesen fijar, para que no se les escapase, la condición que ya sienten que los abandona. Hay, además, gran motivo de orgullo en oír celebrar la especie de mérito porque uno se distingue.

Verdad es que no había tampoco mejor manera de llamar la atención sobre sí que llevar cerca a Leonor. ¡Qué mirada, que parecía una plegaria! ¡Qué óvalo el del rostro, más perfecto y puro! ¡Qué cutis, que parecía que daba luz! ¡Qué encanto en toda ella y qué armonía! De noche doña Andrea, que como a la menor de sus hijas la tuvo siempre en su lecho, no bien la veía dormida, la descubría para verla mejor; le apartaba los cabellos de la frente y se los alzaba por detrás para mirarle el cuello, le tomaba las manos, como podía tomar dos tórtolas, y se las besaba cuidadosamente; le acariciaba los pies, y se los cubría a lentos besos.

Alfombra hubiera querido ser doña Andrea, para que su hija no se lastimase nunca los pies, y para que anduviese sobre ella. Alfombra, cinta para su cuello, agua, aire, todo lo que ella tocase y necesitase para vivir, como si no tuviese otras hijas, quería ser para ella doña Andrea. Solía Leonor despertarse cuando su madre estaba contemplándola de esta manera; y entreabriendo dichosamente los ojos amantes, y atrayéndola a sí con sus brazos, se dormía otra vez, con la cabeza de su madre entre ellos; de su madre, que apenas dormía.

¡Cómo no padecería la pobre señora cuando la directora del colegio, estando ya Leonor en sus trece años, la vino a ver, como quien hace un gran servicio, y en verdad para el porvenir de Leonor lo era, para que le permitiese retener a Leonor en el colegio como alumna interna! En el primer instante, doña Andrea se sintió caer al suelo, y, sin palabras, se quedó mirando a la directora fijamente, como a una enemiga. De pensarlo no más, ya la pareció que le habían sacado el corazón del pecho.

Balbuceó las gracias. La directora entendió que aceptaba.

—Leonor, doña Andrea, está destinada por su hermosura a llamar la atención de una manera extraordinaria. Es niña todavía, y ya ve Vd. como anda por la ciudad la fama de su belleza. Vd. comprende que a mí me es más costoso tenerla en el colegio como a interna; pero creo de mi deber, por cariño a Vd. y al señor don Manuel, acabar mi obra.

Y la madre parecía que quería adelantar una objeción; y la mujer hermosa, que en realidad, en fuerza de la plácida beldad de Leonor, había concebido por ella un tierno afecto, decía precipitadamente estas buenas razones, que la madre veía lucir delante de sí, como puñales encendidos.

—Porque Vd. ve, doña Andrea, que la posición de Leonor en el mundo, va a ser sumamente delicada. La situación a que están Vds. reducidas las obliga a vivir apartadas de la sociedad, y en una esfera en que, por su misma distinción natural y por la educación que está recibiendo, no puede encontrar marido proporcionado para ella. Acabando de educarse en mi colegio como interna, se rozará mucho más, en estos tres años, con las niñas más elegantes y ricas de la ciudad, que se harán sus amigas íntimas, yo misma iré cuidando especialmente de favorecer aquellas amistades que le pueden convenir más cuando salga al mundo, y le ayuden a mantenerse en una esfera a que de otro modo, sin más que su belleza, en la posición en que Vds. están, no podría llegar nunca. Hermosa e inteligente como es, y moviéndose en buenos círculos, será mucho más fácil que inspire el respeto de jóvenes que de otro modo la perseguirían sin respetarla, y encuentre acaso entre ellos el marido que la haga venturosa. ¡Me espanta, doña Andrea, dijo la directora que observaba el efecto de sus palabras en la pobre madre, me espanta pensar en la suerte que correría Leonor, tan hermosa como va a ser, en el desamparo en que tienen Vds. que vivir, sobre todo si llegase Vd. a faltarle! Piense Vd. en que necesitamos protegerla de su misma hermosura.

Y la directora, ya apiadada del gran dolor reflejado en las facciones de doña Andrea, que no tenía fuerzas para abrir los labios, ya deseosa de alcanzar con halagos su anhelo, había tomado las manos de doña Andrea, y se las acariciaba bondadosamente.

Entró Leonor en este instante, y en el punto de verla, fue como si los torrentes de llanto apretados por la agonía se saliesen al fin de sus ojos; no dijo palabra, sino inolvidables sollozos; y se lanzó al encuentro de su hija, y se abrazó con ella estrechísimamente.

—Yo no iré, mamá, yo no iré: le decía Leonor al oído, sin que lo oyese la directora; aunque ya Leonor le había dicho a esta que, si quería doña Andrea, ella quería ir.

A los pocos momentos doña Andrea, pálida, sentada ya junto a Leonor, a quien tenía de la mano, pudo por fin hablar. ¡Porque era ceder a cuanto le quedaba de don Manuel, a aquellas noches queridas suyas de silencio, en que su alma, a solas con su amargura y con su niña, recordaba y vivía; porque conforme se había ido apartando de todo, en sus hijas, y en Leonor, como un símbolo de todas ellas, se había refugiado, con la tenacidad de las almas sencillas que no tienen fuerza más que para amar; ¡porque dar a Leonor era como dar todas las luces y todas las rosas de la vida!

Por fin pudo hablar y con una voz opaca y baja, como de quien habla de muy lejos dijo:

—Bueno, señora, bueno. Y Dios le pagará su buena intención. Leonor se quedará en el colegio.

Y ya hemos visto en los comienzos de esta historia que estaba Leonor a punto de salir de él.

Capítulo III

¿De qué ha de estar hablando toda la ciudad, sino de Sol[85] del Valle? Era como la mañana que sigue al día en que se ha revelado un orador poderoso. Era como el amanecer de un drama nuevo. Era esa conmoción inevitable que, a pesar de su vulgaridad ingénita, experimentan los hombres cuando aparece súbitamente ante ellos alguna cualidad suprema. Después se coligan[86] todos, en silencio primero, abiertamente luego, y dan sobre lo que admiraron. Se irritan de haber sido sorprendidos. Se encolerizan sordamente, por ver en otro la condición que no poseen. Y mientras más inteligencia tengan para comprender su importancia, más la abominan, y al infeliz que la alberga. Al principio, por no parecer envidiosos, hacen como que la acatan: y, como que es de fuertes no temer, ponen un empeño desmedido en alabar al mismo a quien envidian, pero poco a poco, y sin decirse nada, reunidos por el encono común van agrupándose, cuchicheando, haciéndose revelaciones. Se ha exagerado. Bien mirado, no es lo que se decía. Ya se ha visto eso mismo. Esos ojos no deben ser suyos. De seguro que se recorta la boca con carmín. La línea de la espalda no es bastante pura. No, no es bastante pura. Parece como que hay una verruga en la espalda. No es verruga, es lobanillo. No es lobanillo, es joroba. Y acaba la gente por tener la joroba en los ojos, de tal modo que llega de veras a verla en la espalda, ¡porque la lleva en sí! Ea; eso es fijo: los hombres no perdonan jamás a aquellos a quienes se han visto obligados a admirar.

Pero allá, en un rincón del pecho, duerme como un portero soñoliento la necesidad de la grandeza. Es fama que, para dar al champaña su fragancia, destilan en cada botella, por un procedimiento desconocido, tres gotas de un licor misterioso. Así la necesidad de la grandeza, como esas tres gotas exqui-

---

85 A partir de ahora, Leonor aparecerá siempre con el nombre de Sol. Este cambio seguramente está relacionado con lo que representa el personaje en la acción dramática.

86 En ELA: "coaligan", forma incorrecta de *coligarse*, cuyo uso es muy extendido en el habla común, incluso en la época.

sitas, está en el fondo del alma. Duerme como si nunca hubiese de despertar, ¡oh, suele dormir mucho! ¡oh, hay almas en que el portero no despierta nunca! Tiene el sueño pesado, en cosas de grandeza, y sobre todo en estos tiempos, el alma humana. Mil duendecillos, de figuras repugnantes, manos de araña, vientre hinchado, boca encendida, de doble hilera de dientes, ojos redondos y libidinosos, giran constantemente alrededor del portero dormido y le echan en los oídos jugo de adormideras, y se lo dan a respirar, y se lo untan en las sienes, y con pinceles muy delicados le humedecen las palmas de las manos, y se les encuclillan sobre las piernas, y se sientan sobre el respaldo del sillón, mirando hostilmente a todos lados, para que nadie se acerque a despertar al portero: ¡mucho suele dormir la grandeza en el alma humana! Pero cuando despierta, y abre los brazos, al primer movimiento pone en fuga a la banda de duendecillos de vientre hinchado. Y el alma entonces se esfuerza en ser noble, avergonzada de tanto tiempo de no haberlo sido. Sólo que los duendecillos están escondidos detrás de las puertas, y cuando les vuelve a picar el hambre, porque se han jurado comerse al portero poco a poco, empiezan a dejar escapar otra vez el aroma de las adormideras, que a manera de cendales espesos va turbando los ojos y velando la frente del portero vencido; y no ha pasado mucho tiempo desde que puso a los duendes en fuga, cuando ya vuelven estos en confusión, se descuelgan de las ventanas, se dejan caer por las hojas de las puertas, salen de bajo las losas descompuestas del piso, y abriendo las grandes bocas en una risa que no suena, se le suben agilísimamente por las piernas y brazos y uno se le para en un hombro, y otro se le sienta en un brazo, y todos agitan en alto, con un ruido de rata que roe, las adormideras. Tal es el sueño del alma humana.[87]

¿De qué ha de estar hablando toda la ciudad, sino de Sol del Valle?

De ella, porque hablan de la fiesta de anoche: de ella, porque la fiesta alcanzó inesperadamente, al influjo de aquella niña ayer desconocida, una elevación y entusiasmo que ni los mismos que contribuyeron a ello volverían a alcanzar jamás. Tal como suelen los astros juntarse en el cielo, ¡ay! para chocar y deshacerse casi siempre, así, con no mejor destino, suelen encontrarse en la tierra, como se encontraron anoche, el genio, y ese otro genio, la hermosura.

De fama singular había venido precedido a la ciudad el pianista húngaro Keleffy. Rico de nacimiento, y enriquecido aún más por su arte, no viajaba, como otros, en busca de fortuna. Viajaba porque estaba lleno de águilas, que le comían el cuerpo, y querían espacio ancho, y se ahogaban en la prisión de la ciudad. Viajaba porque casó con una mujer a quien creyó amar, y la halló luego como una copa sorda, en que las armonías de su alma no encontraban eco, de lo que le vino postración tan grande que ni fuerzas tenía aquel músico-atleta, para mover las manos sobre el piano: hasta que lo tomó un amigo leal del brazo, y le dijo: "Cúrate"; y lo llevó a un bosque, y lo trajo luego

87 Aquí concluye la cuarta entrega de la novela. A partir del párrafo siguiente se inicia la quinta, aparecida el 15 de julio de 1885 (año 1, no. 19). Esta se publicó en la primera página de ELA. La manera en que termina esta sección, evidencia que las entregas se estructuraron teniendo en cuenta más el tamaño de las columnas del periódico que el sentido de la progresión de la acción. Este bloque, por ejemplo, queda inconcluso por un solo párrafo.

al mar, cuyas músicas se le entraron por el alma medio muerta, se quedaron
en ella, sentadas y con la cabeza alta, como leones que husmean el desierto, y
salieron al fin de nuevo al mundo en unas fantasías arrebatadas que en el barco que lo llevaba por los mares improvisaba Keleffy, las que eran tales, que si
se cerraban los ojos cuando se las oía, parecía que se levantaban por el aire,
agrandándose conforme subían, unas estrellas muy radiosas, sobre un cielo
de un negro hondo y temible, y otras veces, como que en las nubes de colores
ligeros iban dibujándose unas como guirnaldas de flores silvestres, de un azul
muy puro, de que colgaban unos cestos de luz, ¿qué es la música, sino la compañera y guía del espíritu en su viaje por los espacios? Los que tienen ojos en
el alma, han visto eso que hacían ver las fantasías que en el mar improvisaba
Keleffy: otros hay, que no ven, por lo que niegan muy orondos que lo que
ellos no han visto, otros lo vean. Es seguro que un topo no ha podido jamás
concebir un águila.

Keleffy viajaba por América, porque le habían dicho que en nuestro cielo del Sur lucen los astros como no lucen en ninguna otra parte del cielo, y
porque le hablaban de unas flores nuestras, grandes como cabeza de mujer y
blancas como la leche, que crecen en los países del Atlántico, y de unas anchas
hojas que se crían en nuestra costa exuberante, y arrancan de la madre tierra
y se tienden voluptuosamente sobre ella, como los brazos de una divinidad,
vestida de esmeraldas, que llamasen, perennemente abiertas, a los que no tienen miedo de amar los misterios y las diosas.

Y aquel dolor de vivir sin cariño, y sin derecho para inspirarlo ni acep-
tarlo, puesto que estaba ligado a una mujer a quien no amaba; aquel dolor
que no dormía, ni tenía paces, ni le quería salir del pecho, y le tenía la fantasía como apretada por serpientes, lo que daba a toda su música un aire de combate y tortura que solía privarla del equilibrio y proporción armoniosa que
las obras durables de arte necesitan; aquel dolor, en un espíritu hermoso que,
en la especie de peste amatoria que está enllagando el mundo en los pueblos
antiguos, había salvado, como una paloma herida un apego ardentísimo a lo
casto, aquel dolor, que a veces con las manos crispadas se buscaba el triste mú-
sico por sobre el corazón, como para arrancárselo de raíz, aunque se tuviera
que arrancar el corazón con él, aquel dolor no le dejaba punto de reposo, le
hacía parecer a las veces extravagante y huraño, y aunque por la suavidad de
su mirada y el ardor de su discurso se atrajese desde el primer instante, como
un domador de oficio, la voluntad de los que le veían, poco a poco sentía él
que en aquellos afectos iba entrando la sorda hostilidad con que los espíritus
persiguen a los hombres de alma superior, y aquella especie de miedo, si no
de terror, con que los hombres, famélicos de goces, huyen, como de un apes-
tado, de quien, bajo la pesadumbre de un infortunio, ni sabe dar alegrías, ni
tiene el ánimo dispuesto a compartirlas.[88]

---

88   En ELA: "bajo la pesadumbre de un infortunio, ni sabe darlos, ni tiene el ánimo dispuesto a
     compartirlo".

Ya en la ciudad de nuestro cuento, cuya gente acomodada había ido toda, y en más de una ocasión, de viaje por Europa, donde apenas había casa sin
piano, y, lo que es mejor, sin quien tocase en él con natural buen gusto, tenía
Keleffy numerosos y ardientes amigos;[89] tanto entre los músicos sesudos, por
el arte exquisito de sus composiciones, como entre la gente joven y sensible,
por la melodiosa tristeza de sus romanzas. De modo que cuando se supo que
Keleffy venía, y no como un artista que se exhibe, sino como un hombre que
padece, determinó la sociedad elegante recibirle con una hermosísima fiesta,
que quisieron fuese como la más bella que se hubiera visto en la ciudad, ya
porque del talento de Keleffy se decían maravillas, ya porque esta buena ciudad de nuestro cuento no quería ser menos que otras de América, donde el
pianista había sido ruidosamente agasajado.

En la "casa de mármol"[90] dispusieron que se celebrase la gran fiesta: con
un tapiz rojo cubrieron las anchas escaleras; los rincones, ya en las salas, ya
en los patios, los llenaron de palmas; en cada descanso de la escalera central
había un enorme vaso chino lleno de plantas de camelia en flor; todo un sa-
loncito, el de recibir, fue colgado de seda amarilla; de lugares ocultos por cortinas venía un ruido de fuentes. Cuando se entraba en el salón, en aquella
noche fresca de la primavera, con todos los balcones abiertos a la noche, con
tanta hermosa mujer vestida de telas ligeras de colores suaves, con tanto abanico de plumas, muy de moda entonces, moviéndose pausadamente, y con
aquel vago rumor de fiesta que comienza, parecía que se entraba en un enorme cesto de alas. La tapa del piano, levantada para dar mayor sonoridad a
las notas, parecía, como dominándolas a todas, una gran ala negra.

Keleffy, que discernía la suma de verdadero afecto mezclada en aquella
fiesta de la curiosidad y sentía desde su llegada a América como si constantemente estuviesen encendidos en su alma dos grandes ojos negros; Keleffy
a quien fue dulce no hallar casa,[91] donde sus últimos dolores, vaciados en sus
romanzas y nocturnos, no hubiesen encontrado manos tiernas y amigas, que
se las devolvían a sus propios oídos como atenuados y en camino de consuelo, porque "en Europa se toca, decía Keleffy, pero aquí se acaricia el piano";
Keleffy, que no notaba desacuerdo entre el casto modo con que quería él su
magnífico arte, y aquella fiesta discreta y generosa, en que se sentía el concur-
so como penetrado de respeto, en la esfera inquieta y deleitosa de lo extraordinario; Keleffy, aunque de una manera apesarada y melancólica, y más de
quien se aleja que de quien llega, tocó en el piano de madera negra, que bajo sus manos parecía a veces salterio, flauta a veces, y a veces órgano, algunas
de sus delicadas composiciones, no aquellas en que se hubiera dicho que el
mar subía en montes y caía roto en cristales, o que braceaba un hombre con
un toro, y le hendía el testuz, y le doblaba las piernas, y lo echaba por tierra,
sino aquellas otras flexibles fantasías que, a tener color, hubieran sido pálidas,
y a ser cosas visibles, hubiesen parecido un paisaje de crepúsculo.

89   En ELA, el complemento directo "numerosos y ardientes amigos", aparece al final de esta gran
     oración subordinada, después de una coma.
90   Así en la edición de Quesada y Aróstegui.
91   En ELA, a cont.: "de las que antes de esta fiesta solemne había visto en la ciudad".

En esto, se oyó en todo el salón un rumor súbito, semejante a los que en días de fiestas nacionales se oye en la muchedumbre de las plazas cuando rompe en un ramo de estrellas en el aire un fuego de artificios. ¡Ya se sabía que en el Instituto de la Merced había una niña muy bella! que era Sol del Valle; ¡pero no se sabía que era tan bella! Y fue al piano; porque ella era la discípula querida del Instituto y ninguna como ella entendía aquella plegaria de Keleffy "¡Oh, madre mía!" y la tocó, trémula al principio, olvidada después en su música y por esto más bella; y cuando se levantó del piano, el rumor fue de asombro ante la hermosura de la niña, no ante el talento de la pianista, no común por otra parte; y Keleffy la miraba, como si con ella se fuese ya una parte de él; y, al verla andar, la concurrencia aplaudía, como si la música no hubiera cesado, o como si se sintiese favorecida por la visita de un ser de esferas superiores, u orgullosa de ser gente humana, cuando había entre los seres humanos tan grande hermosura.

¿Cómo era? ¡Quién lo supo mejor que Keleffy! La miró, la miró con ojos desesperados y avarientos. Era como una copa de nácar, en quien nadie hubiese aún puesto los labios. Tenía esa hermosura de la aurora, que arroba y ennoblece. Una palma de luz era. Keleffy no la hablaba, sino la veía. La niña, cuando se sentó al lado de la directora, casi rompió en lágrimas. La revelación, la primera sensación del propio poder lisonjea y asusta. Se tuvo miedo la niña, y aunque muy contenta de sí, halagada por aquel rumor como si le rozasen la frente con muy blandas plumas, se sintió sola y en riesgo, y buscó con los ojos, en una mirada de angustia a doña Andrea, ¡ay! a doña Andrea que, conforme iban pasando los años, se hundía en sí misma, para ver mejor a don Manuel, de tal manera que ya, si sonreía siempre, apenas hablaba. Se conversaba apresuradamente. Todos los ojos estaban sobre ella. ¿Quién es? Las mujeres no la celebraban, se erguían en sus asientos para verla; movían rápidamente el abanico, cuchicheaban a su sombra con su compañera; se volvían a mirarla otra vez. Los hombres, sentían en sí como una rienda rota; y algunos, como un ala. Hablaban con desusada animación. Se juntaban en corrillos. La medían con los ojos. Ya la veían de su brazo ostentándola en el salón, y la estrechaban el talle en el baile ardiente y atrevido; ya meditaban la frase encomiástica con que habían de deslumbrarla al ser presentados a ella. "¿Conque esa es Sol del Valle?" "¿En qué casas visita?" "¿Va a casa de Lucía Jerez?" "Juan Jerez es amigo de la señora". "Allí está Juan Jerez; que nos presente". "Yo soy amigo de la directora: vamos". "¿Quién nos presentará a ella?" ¡Pobre niña! Su alcoba no la vio nunca como la dejaron aquellos curiosos. No es para la mayor parte de los hombres una obra santa, y una copa de espíritu la hermosura; sino una manzana apetitosa. Si hubiera un lente que permitiese a las mujeres ver, tales como les pasean por el cráneo los pensamientos de los hombres, y lo que les anda en el corazón, los querrían mucho menos.

Pero no era un hombre, no, el que con más insistencia, y un cierto encono mezclado ya de amor, miraba a Sol del Valle, y con dificultad contenía el llanto que se le venía a mares a los ojos, abiertos, en los que se movían los párpados apenas. La conocía en aquel momento, y ya la amaba y la odiaba. La quería como una hermana; ¡qué misterios de estas naturalezas bravías e iracundas! y la odiaba con un aborrecimiento irresistible y trágico. Y cuando un caballero apuesto y cortés que saludaba mucha gente a su paso, se acercó, por lo mismo que vivía en esfera social más alta, más que a saludar, a proteger a Sol del Valle, cuando Juan Jerez llegó al fin al lado de la niña, y Lucía Jerez, que era quien de aquella manera la miraba, los vio juntos, cerró los ojos, inclinó la cabeza sobre el hombro como quien se muere; se le puso todo el rostro amarillo; y sólo al cabo de algún tiempo, al influjo del aire que agitaban sus compañeras con los abanicos, volvió a abrir los ojos, que parecían turbios, como si hubiera cruzado por su pensamiento un ave negra.

Y Keleffy en aquellos instantes tenía subyugada y muda a la concurrencia. Allí sus esperanzas puras de otros tiempos; sus agonías de esposo triste; el desorden de una mente que se escapa; el mar sereno luego; la flota toda americana, ardiente y rica; el encogimiento sombrío del alma infeliz ante la naturaleza hermosa; una como invasión de luz que encendiese la atmósfera, y penetrase por los rincones más negros de la tierra, y a través de las ondas de la mar, a sus cuevas de azul y corales; una como águila herida con una llaga en el pecho que parecía una rosa, huyendo, a grandes golpes de ala, cielo arriba, con gritos desesperados y estridentes. Así, como un espíritu que se despide, tocó Keleffy el piano. Jamás pudo tanto, ni nadie le oyó así segunda vez. Para Sol era aquella fantasía; para Sol, a quien ni volvería a ver nunca, ni dejaría de ver jamás. Sólo los que persiguen en vano la pureza, saben lo que regocija y exalta el hallarla. Sólo los que mueren de amor a la hermosura entienden cómo, sin vil pensamiento, ya a punto de decir adiós para siempre a la ciudad amiga, tocó aquella noche en el piano Keleffy. Pero tocó de tal manera que, aun para la gente inculta, es todavía aquel un momento inolvidable. "Nos llevaba como un triunfador, decía un cronista al día siguiente, sujetos a su carro. ¿Adónde íbamos? nadie lo sabía. Ya era un rayo que daba sobre un monte, como el acero de un gigante sobre el castillo donde supone a su dama encantada; ya un león con alas, que iba de nube en nube; ya un sol virgen que de un bosque temido, como de un nido de serpientes, se levanta; ya un recodo de selva nunca vista, donde los árboles no tenían hojas, sino flores; ya un pino colosal que, con estruendo de gemidos, se quebraba; era una grande alma que se abría. Mucho se había hecho admirar el apasionado húngaro en el comienzo de la fiesta; mas, aquella arrebatadora fantasía, aquel desborde de notas; ora plañideras, ora terribles, que parecían la historia de una vida, aquella, que fue su última pieza de la noche, porque nadie después de ella osó pedirle más, vino tan inmediatamente después de la aparición de la señorita Sol del Valle, orgullo desde hoy de la ciudad, que todos reconocimos en la improvisación maravillosa del pianista el influjo que en él, como en cuantos anoche la vieron, con su vestido blanco y su aureola de inocencia, ejerció la pasmosa hermosura de la niña. Nace bien esta beldad extraordinaria, con el genio a sus plantas".

Dos amigas están sentadas a la sombra de la magnolia, nuestra antigua conocida. En un sillón está sentada Lucía. Otras sillas de mimbre esperan a sus dueñas, que andan preparando dulces por los adentros de la casa, o con Ana, que no está bien hoy. Está muy pálida. No se espera gente de afuera aquella tarde; Juan Jerez no está en la ciudad: fue el viernes a defender en el tribunal de un pueblo vecino los derechos de unos indios a sus tierras, y aún no ha vuelto. Lucía[92] hubiera estado más triste, si no hubiera tenido a su amiga a su lado. Juan no puede venir. Ferrocarril no hay hoy. A caballo, es muy lejos. A los pies de Lucía, en una banqueta, con los brazos cruzados sobre las rodillas de la niña, ¿quién es la que está sentada, y la mira con largas miradas, que se entran por el alma como reinas hermosas que van a buscar en ella su aposento, y a quedarse en ella; y la deja jugar con su cabeza, cuya cabellera castaña destrenza y revuelve, y alisa luego hacia arriba con mucho cuidado, de modo que se le vea el noble cuello? A los pies de Lucía está Sol del Valle.

Desde la noche de la fiesta de Keleffy, Lucía y Sol se han visto muchas veces. ¿De conocerla, cómo había de librarse, en estas ciudades nuestras en que todo el mundo se conoce? Aquella misma noche, y no fue Juan por cierto, Lucía, muy adulada por la directora del Instituto de la Merced, de donde había salido tres años antes, se vio en brazos de Sol, que la miraba llena de esperanza y ternura. Se levantó la directora y llevó a Sol de la mano a donde Lucía estaba, taciturna. Las vio venir, y se echó atrás.

—¡Vienen a mí, a mí! se dijo.

—Lucía, aquí te traigo una amiga, para que te la pongas en el corazón, y me la cuides como cosa de tu casa. En tus manos la puedo dejar: tú no eres envidiosa.

Y a Sol se le encendía el rostro, sin saber qué decir, y a Lucía se le desvanecía el color, buscando en balde fuerzas con que mover la mano y abrir los labios en una sonrisa.

—Por esto no ha de ser así, no.

Y la directora puso el brazo de Sol en el de Lucía, y acompañadas de miradas celosas, se refugió por algunos momentos con ellas en un balcón, cuya baranda de granito estaba oculta bajo una enredadera florecida de rosas salomónicas. El balcón era grande y solemne; la noche, ya muy entrada, y el cielo, cariñoso y locuaz, como se pone en nuestros países cuando el aire está claro, y parece como que platican y se hacen visitas las estrellas.

—Y ante todo, Lucía y Sol dense un beso.

92   Errata en ELA: "María".

—Mira, Lucía, dijo la directora juntando en sus manos las de las dos niñas y hablando como si no estuviese Sol con ellas, quien se sentía las mejillas ardientes, y el pecho apretado con lo que la maestra iba diciendo, tanto que por un instante vio el cielo todo negro, y como que desde su casita la estaba llamando doña Andrea. Mira, Lucía, tú sabes cómo entra en la vida Sol del Valle, como lo sabe todo el mundo. Su padre se ha muerto. Su madre está en la mayor pobreza. Yo, que la quiero como a una hija, he procurado educarla para que se salve del peligro de ser hermosa siendo tan pobre.

Sintió Lucía en aquel instante como si la mano de Sol le temblase en la suya, y hubiese hecho un movimiento por retirarla y ponerse en pie.

—Señora...

—No, no, Lucía. La que va a ser mujer de Juan Jerez...

La sombra de una de las cortinas de la enredadera, que flotaba al influjo del aire, escondió en este instante el rostro de Sol.

—...merece que yo ponga en sus manos, para que me la enseñe al mundo a su lado y me la proteja, la joya de la casa con que ha sido Juan Jerez tan bueno.

Aquí la cortina flotante de la enredadera cubrió con su sombra el rostro de Lucía.

—Juan...

—Juan ha sido muy bueno, dijo como con cierta prisa voluntaria la directora. Él apenas conoce a Sol, porque ha ido muy poco a casa de doña Andrea; pero como es tan generoso, se alegrará de que tú ampares a esta niña con el respeto de tu casa, de los que, porque la verán desvalida...

Más blanco que su vestido pudo verse en este momento, el rostro de Sol.

—...querrán faltarle al respeto. Ya Sol ha acabado su colegio; pero para que mi obra no quede incompleta voy a dejarla en él como profesora, y así ayudará a su madre a llevar los gastos de la casa, y le hemos tomado ya a doña Andrea una casita mejor, cerca del Instituto. Yo espero, añadió la señora gravemente, y como si las estrellas no estuviesen brillando en el cielo, que Sol será una buena maestra. Yo, Lucía, no podré llevarla a todas partes, porque ya he dejado de ser joven, y los cuidados del colegio me lo impiden; pero quiero que tú hagas mis veces, y ya lo sabes, dijo con una ligera emoción en la voz dando un beso en la mejilla de Lucía, cuídamela. Que sientan que el que no pueda llegar hasta ti, no puede llegar hasta ella. Cuando haya una fiesta, llévala. Ella se vestirá siempre linda, porque yo la he enseñado a hacérselo todo y es maestra en coser. Convídala a tu casa, para que nadie tenga reparo en convidarla a la suya: que el que entra en tu casa puede entrar en todas partes. Sol es tan bonita como agradecida.

—Sí, sí, señora, interrumpió Lucía que en sus mejillas propias estaba sintiendo la palidez de las de Sol. Yo la llevaré conmigo. Yo sí, yo sí, ahora mismo la presentaré a todas mis amigas. Iremos juntas la Semana Santa. No me digas que no, Sol. Iremos al teatro siempre juntas.

Y el cariño le iba creciendo con las palabras, que decía amontonadamente, como si tuviese prisa por olvidarse de algo, o quisiese vengarse de sí misma.

—Bueno, vamos entonces, que yo veo que la gente curiosea porque estamos cuchicheando tanto tiempo. Vamos.

Sol no hablaba. Lucía, como que quería defenderla de la directora, que entraba ya en el salón con su paso pomposo.

—Enseguida, señora, enseguida. Entre Vd. y detrás vamos nosotras. Voy a coger dos rosas de esta enredadera: esta para Sol, y se la prendió con mucha ternura, mirándola amorosamente en los ojos; ésta, que es la menos bonita, para mí.

—¡Oh, Vd. es tan buena!

—¿Vd.? No, Sol, yo soy tu hermana. No hagas caso de lo que dice la directora. Yo te querré siempre como una hermana. Y abrió los brazos, y apretó en ellos a Sol, a la que llevaba sin miedo, prestísimamente.

—Oh, dijo Sol de pronto ahogando un grito. Y se llevó la mano al seno, y la sacó con la punta de los dedos roja. Era que al abrazarla Lucía, se le clavó en el seno una espina de la rosa.

Con su propio pañuelo secó Lucía la sangre, y de brazo las dos entraron en la sala. Lucía también estaba hermosa.[93]

—¿Cómo entenderte, Lucía? decía Juan a su prima unos quince días después de la noche de la fiesta, con una intención severa en las palabras que él con Lucía nunca había usado. Desde hace unos quince días, espera, creo que me acuerdo, desde la noche de Keleffy, te encuentro tan injusta, que a veces, creo que no me quieres.

—¡Juan! ¡Juan!

—Bueno, Lucía: tú sí me quieres. Pero ¿qué te hago yo que explique esas durezas tuyas de carácter, para mí que vengo a ti como viene el sediento a un vaso de ternuras? Más cariño no puedes desear. Pensar, yo sí pienso en todo lo más difícil y atrevido; pero querer, Lucía, yo no quiero más que a ti. Yo he vivido poco; pero tengo miedo de vivir y sé lo que es, porque veo a los vivos. Me parece que todos están manchados, y en cuanto alcanzan a ver un hombre puro empiezan a correrle detrás para llenarle la túnica de manchas. La verdad es que yo que quiero mucho a los hombres, vivo huyendo de ellos. Siento a veces una melancolía dolorosa. ¿Qué me falta? La fortuna me ha tratado bien. Mis padres me viven. Me es permitido ser bueno. Y además, te tengo —le[94] dijo tomándola cariñosamente de la mano que Lucía le abandonó como apenada y absorta.

—Te tengo, y de ti me vienen, y en ti busco, las fuerzas frescas que necesito para que el corazón no se me espante y debilite. Cada vez que me asomo a los hombres, me echo atrás como si viera un abismo; pero de cada vez que

93   Aquí concluye la quinta entrega de la novela. A partir del párrafo siguiente se inicia la sexta, aparecida el 1º de agosto de 1885 (año 1, no. 20). Esta se publicó en la primera página de ELA.
94   En la edición de Quesada y Aróstegui: "la".

vengo a verte, saco un brío para batallar y un poder de perdón que hacen que nada me parezca difícil para que yo lo acometa. No te rías, Lucía; pero es la verdad. ¿Tú has leído unos versos de Longfellow[95] que se llaman "Excelsior"? Un joven en una tempestad de nieve, sube por un puerto pobre, montaña arriba, con una bandera en la mano que dice: —"Excelsior". No te sonrías: yo sé que sabes tú latín: "¡Más alto!" —Un anciano le dice que no vaya adelante, que el torrente ruge abajo y la tempestad se viene encima: "¡Más alto!" —Una joven linda —¡no tan linda como tú!— le dice: "Descansa la cabeza fatigada en mi seno." Y al joven se le humedecen los ojos azules, pero aparta de sí a la enamorada y le dice: "¡Más alto!"

—¡Ah! ¡no! pero tú no apartarás a mí de ti. Yo te quito la bandera de las manos. Tú te quedas conmigo. ¡Yo soy lo más alto!

—No, Lucía: los dos juntos llevaremos la bandera. Yo te tomo para todo el viaje. Mira que, como soy bueno, no voy a ser feliz. ¡No te me canses! Y le besó la mano.

Lucía le acariciaba con los ojos la cabeza.

—Y el joven al fin siguió adelante: y los monjes lo hallaron muerto al día siguiente, medio sepultado en la nieve; pero con la mano asida a la bandera, que decía: "¡Más alto!" Pues bien Lucía: cuando no te me pones majadera, cuando no me haces lo que ayer, que me miraste de frente como con odio y te burlaste de mí y de mi bondad, y sin saberlo llegaste hasta dudar de mi honradez, cuando no te me vuelves loca como ayer, me parece cuando salgo de aquí, que me brilla en las manos la bandera. Y veo a todo el mundo pequeño, y a mí como un gigante dichoso. Y siento mayor necesidad, una vehemente necesidad de amar y perdonar a todo el mundo. En la mujer, Lucía, como que es la hermosura mayor que se conoce, creemos los poetas hallar como un perfume natural todas las excelencias del espíritu; por eso los poetas se apegan con tal ardor a las mujeres a quienes aman, sobre todo a la primera a quien quieren de veras, que no es casi nunca la primera a quien han creído querer, por eso cuando creen que algún acto pueril o inconsiderado las desfigura, o imaginan ellos alguna frivolidad o impureza, se ponen fuera de sí, y sienten unos dolores mortales, y tratan a su amante con la indignación con que se trata a los ladrones y a los traidores, porque como en su mente las hicieran depositarias de todas las grandezas y claridades que apetecen, cuando creen ver que no las tienen, les parece que han estado usurpándoles y engañándoles con maldad refinada, y creen que se derrumban como un monte roto, por la tierra, y mueren aunque sigan viviendo, abrazados a las hojas caídas de su rosa blanca. Los poetas de raza mueren. Los poetas segundones, los tenientes y alféreces de la poesía, los poetas falsificados, siguen su camino por el mundo besando en venganza cuantos labios se les ofrecen, con los suyos, rojos y húmedos en lo que se ve, ¡pero en lo que no se ve tintos de veneno! Vamos, Lucía, me estás poniendo hoy muy hablador. Tú ves, no lo puedo evi-

---

95 Henry Wadsworth Longfellow (1807-1882). Importante poeta norteamericano de inspiración romántica. Destacado traductor de la lírica española, especialmente de las COPLAS POR LA MUERTE DE SU PADRE EL MAESTRE DON RODRIGO de Jorge Manrique. Martí le dedica dos artículos en LA OPINIÓN NACIONAL de Caracas (22 de marzo y 11 de abril de 1882), donde desarrolla condensadas semblanzas sobre su vida y su obra.

tar. Si me oyeran otras gentes, dirían que era un pedante. Tú no lo dices, ¿verdad? Es que en cuanto estoy algún tiempo cerca de ti, de ti que nadie ha manchado, de ti en quien nadie ha puesto los labios impuros, de ti en quien miro yo como la carne de todas mis ideas y como una almohada de estrellas donde reclino, cuando nadie me ve, la cabeza cansada, estas cosas extrañas, Lucía, me vienen a los labios tan naturalmente que lo falso sería no recordarlas. Por fuera me suelen acusar de que soy rebuscado y exagerado, y tú habrás notado que ya yo hablo muy poco. ¿Qué culpa tengo yo de que sea así mi naturaleza, y de que al influjo de tu cariño enseñe todas sus flores?

Y le besó las dos manos, como pudiera un niño haber besado dos tórtolas.

Así, aunque no parezca cierto, suelen hablar y sentir algunos seres "vivos y efectivos", como dicen las lápidas de los nichos en que están enterrados los oficiales militares muertos en el servicio de la corona española. Así exactamente, y sin quitar ni poner ápice era como sentía y hablaba Juan Jerez.

—Tú me perdonas, Juan, dijo Lucía antes de que hubieran pasado algunos momentos, bajos los ojos y la voz, como pecador contrito que pide humildemente la absolución de su pecado. Juan yo no sé qué es, ni sé para qué te quiero, aunque si sé que te quiero por lo mismo que vivo, y que si no te quisiera no viviría. Y mira, Juan, te miento; ahora mismo te estoy mintiendo, yo creo que no sé por qué te quiero, pero debo saberlo muy bien, sin notarlo yo, porque sé por qué pueden quererte los demás. Y como si te conocen, han de quererte como yo te quiero, ¡no me regañes Juan! ¡Yo no quisiera que tú conocieses a nadie! ¡Yo te querría mudo, yo te querría ciego: así no me verías más que a mí, que le cerraría el paso a todo el mundo, y estaría siempre ahí, y como dentro de ti, a tus pies donde quisiera estar ahora! ¿Tú me perdonas, Juan? Luego, yo no soy soberbia, y no creo que yo solo soy hermosa: ¡tú dices que yo soy hermosa! yo sé que fuera de mí hay muchas cosas y muchas personas bellas y grandes; yo sé que no están en mí todas las hermosuras de la tierra, y como a ti te caben en el alma todas, y eres tan bueno que te he visto recoger las flores pisadas en las calles y ponerlas con mucho cuidado donde nadie las pise, creo, Juan, que yo no te basto, que cualquier cosa o persona hermosa te gustaría tanto como yo, y odio un libro si lo lees, y un amigo si lo vas a ver, y una mujer si dicen que es bella y puedes verla tú. Quisiera reunir yo en mí misma todas las bellezas del mundo, y que nadie más que yo tuviera hermosura alguna sobre la tierra. Porque te quiero, Juan, lo odio todo. Y yo no soy mala, Juan; yo me avergüenzo de eso, y luego me entran remordimientos, y besaría los pies de los que un momento antes quería no ver vivos, y de mi sangre les daría para que viviesen si se muriesen; ¡pero hay instantes, Juan, en que odio a todas las cosas, a todos los hombres y a todas las mujeres! ¡Oh, a todas las mujeres! Cuando no estás a mi lado, y pienso en alguien que pueda agradar tus ojos u ocupar tu pensamiento, créemelo, Juan; ¡ni sé lo que veo, ni sé qué es lo que me posee, pero me das horror, Juan, y te aborrezco entonces, y odio tus mismas cualidades, y te las echo en cara, como ayer, para ver si llegas tú a odiarlas, y a no ser tan bueno, y si así no te quieren! Eso es, Juan, no es más que eso. A veces, y te lo diré a ti sólo, sufro tanto que me tiendo en el suelo en mi cuarto, cuando no me ven, como una muerta. Necesito sentir en las sienes mucho tiempo el frío del mármol. Me levanto, como si estuviera por dentro toda despedazada. Me muero de una envidia enorme por todo lo que tú puedas querer y lo que pueda quererte. Yo no sé si eso es malo, Juan: ¿tú me perdonas?

La magnolia, nuestra antigua conocida, oyó a las últimas luces de la tarde, el final de esta conversación congojosa.

Lindo es el montecito que domina por el Este a la ciudad, donde a brazo partido lucharon antaño, macana[96] contra lanza y carne contra hierro, el jefe de los indios y el jefe de los castellanos, y de barranco en barranco abrazados, matándose y admirándose iban cayendo, hasta que al fin, ya exhausto, e hiriéndose con su propia macana la cabeza, cayó el indio a los pies del español, que se levantó la visera, dejando ver el rostro bañado en sangre, y besó al indio muerto en la mano. Luego, como que era recio de subir, le escogieron para sus penitencias los devotos, y es fama que por su falda pedregosa subían de rodillas en lo más fuerte del sol, los penitentes, cantando el rosario.

Vinieron gentes nuevas, y como que el monte es corto y de forma bella, y desde él se ve a la ciudad, con sus casas bajas, de patios de arbolado, como una gran cesta de esmeraldas y ópalos, limpiaron de piedras y yerbajos la tierra que, bien abonada, no resultó ingrata; y de la mejor parte del monte hicieron un jardín que entre los pueblos de América no tiene rival, puesto que no es uno de esos jardinuelos de flores enclenques, y arbustos podados, con trocitos de césped entre enverjados de alambre, que más que cosa alguna dan idea de esclavitud y artificio, y de los que con desagrado se aparta la gente buena y discreta; sino uno como bosques de nuestras tierras, con nuestras propias y grandes flores y nuestros árboles frutales, dispuestos con tal arte que están allí con gracia y abandono, y en grupos irregulares y como poco cuidados, de tal manera que no parece que aquellos bambúes, plátanos y naranjos han sido llevados allí por las manos de jardinero, ni aquellos lirios de agua, puestos como en montón que bordan el estrecho arroyo cargado de aguas secas fueron allí trasplantados como en realidad fueron; antes bien parece que todo aquello floreció allí de suyo y con libre albedrío, de modo que allí el alma se goza y comunica sin temor, y no bien hay en la ciudad una persona feliz, ya necesita ir a decírselo al montecito que nunca se ve solo, ni de día ni de noche.

Por allí, en la tarde en que vamos caminando, halló Pedro Real razón pa-

---

96   Arma de madera dura usada por los indios americanos, semejante a un hacha. En otras zonas del continente tomaba forma de machete o garrote grueso.

ra encontrarse a caballo, el cual dejó en la cumbre, mientras que, golpeándo-
se con el latiguillo los botines, se perdía, sin recordar el cuadro de Ana, por
la calle de los lirios. Por allí, y sin saber por cierto que Pedro andaba cerca,
acababa Adela, con tres amigas suyas, que estrenaban unos sombreros de paja crema adornados con lilas, de bajar del carruaje, que en la cumbre, con los
caballos, esperaba. Por allí, sin que lo supiese Adela tampoco, aunque sí lo sabía Pedro, andaban lentamente, con las dos niñas mayores,[97] Sol y doña Andrea: doña Andrea, que desde que el colegio le devolvió a su Sol y podía a su
sabor recrear los ojos, con cierto pesar de verle el alma un poco blanda y pe-
rezosa, en aquella niña suya de "cutis tan transparente, decía ella, como una
nube que vi una vez, en París, en un medio-punto de Murillo",[98] andaba siempre hablando consigo en voz baja, como si rezase; y otras regañaba por todo,
ella que no regañaba antes jamás, pues lo que quería en realidad, sin atrever-
se, era regañar a Sol, de quien se encendía en celos y en miedos, cada vez que
oía preparativos de fiesta o de paseo, que por cierto no eran muchos, pero so-
brados ya para que temiese con justicia doña Andrea por su tesoro. Ni con el
mayor bienestar que con el sueldo de Sol en el colegio había entrado en la casa, se contentaba doña Andrea; y a veces se dio la gran injusticia de que aquella hermosura que ella tanto mimaba, y que desde la infancia de la niña cui-
daba ella y favorecía, se la echase en cara como un pecado, que le llevó un día
a prorrumpir en este curiosísimo despropósito, que a algunas personas pareció tan gracioso como cuerdo: "Si Manuel viviera, tú no serías tan hermosa."
Enojábase, doña Andrea, cuando oía, allá por la hora en que Sol volvía con
una criada anciana del colegio, la pisada atrevida del caballo de cierto caballero que ella muy especialmente aborrecía; y si Sol hubiese mostrado, que
nunca lo mostró, deseos de ver la arrogante cabalgadura, fuera de una vez
que se asomó sonriendo y no descontenta, a verla pasar detrás de sus persianas, es seguro que por allí hubieran encontrado salida las amarguras de doña Andrea, que miraba a aquel gallardísimo galán, a Pedro Real, como a abo-
minable enemigo. Ni a galán alguno hubiera soportado doña Andrea, cuyos
pesares aumentaba la certidumbre de que aquel que ella hubiera querido por
tenerlo muy en el alma, que poseyese a su Sol, no sería de Sol nunca, por lo
alto que estaba, y porque era ya de otra. Mas aquella mansísima señora se es-
tremecía cuando pensaba que, por parecer proporcionados en la gran hermosura externa, pudiesen algún día acercarse en amores aquel catador de labios
encendidos y aquella copa de vino nuevo. Sentía fuerzas viriles doña Andrea,
y determinación de emplearlas, cada vez que el caballo de Pedro Real piafa-
ba sobre los adoquines de la calle. ¡Como si los cuerpos enseñasen el alma que
llevan dentro! Una vez, en una habitación recamada de nácar, se encontró refugiado a un bandido. Da horror asomarse a muchos hombres inteligentes y
bellos. Se sale huyendo, como de una madriguera. Y ya se sabía por toda la
ciudad, con envidia de muchas locuelas, que tras de Sol del Valle había echa-

97   Errata en ELA: "menores".
98   Bartolomé Esteban Murillo (1617-1682). Pintor español. Es una de las figuras cimeras de la es-
     cuela ibérica de pintura del siglo XVII. Autor de múltiples obras de temática religiosa entre
     las que predominan las CONCEPCIONES Y LA VIRGEN DEL NIÑO. Sus piezas más conocidas perte-
     necen a la tendencia realista (LA ABUELA DESPIOJANDO A SU NIETO, NIÑOS COMIENDO MELÓN, y
     MUCHACHOS COMIENDO FRUTAS).

do Pedro Real todos sus deseos, sus ojos melodiosos, su varonil figura, sus caballos caracoleadores, sus ímpetus de enamorado de leyenda. Y lo despótico de la afición se le conocía en que, bruscamente, y como si no hubiera estado perturbando con vislumbres de amor sus almas nuevas, cesó de decir gallardías, a afectar desdenes a aquella que más de cerca le tuvieron desde su llegada de París, ya porque de público se las señalase como las conquistas más apetecidas, ya porque lo picante de su trato le diese fácil ocasión para aquellas conversaciones salpimentadas que son muy de uso entre aquellos de nuestros caballeros jóvenes que han visto tierras, y suplen con lo atrevido del discurso la escasez de la gracia y el intelecto. La conversación con las damas ha de ser de plata fina, y trabajada en filigrana leve, como la trabajan en Génova y México.

En ser visto donde Sol del Valle había de verlo,[99] ponía Pedro Real el mayor cuidado; en que no se la viera sin que se le viese a él; si al teatro, bajo el palco a que fue Sol, que fue el de la directora, y no más que dos veces, estaba la luneta de Pedro, si en Semana Santa, por donde Sol iba con Lucía y Adela, Pedro, sin piedad por Adela, aparecía. Decirle, nada le había dicho. Ni escribirle. Ni nadie afectaba, al saludarla en público, encogimiento y moderación mayores. Y parecía más arrogante, porque no iba tan pulido. Ni le decía, ni le escribía; pero quería llenarle el aire de él. A la salida del teatro, la segunda noche que fue a él Sol, ofrecía un pequeñuelo de sombrero de pita y pies descalzos un ramo de camelias color de rosa, que eran allí muy preciadas y caras. Y en el punto en que salió Sol, y con rapidez tal que pareció a todos cosa artística, tomó el ramo Pedro Real, lo deshizo de modo que las camelias cayeron al suelo, casi a los pies de Sol, y dijo, como si no quisiera ser oído más que del amigo que tenía al lado: "Puesto que no es de quien debe ser, que no sea de nadie." Y como la fantasía que la hermosura de Sol arrancó a Keleffy era ya a manera de leyenda en la ciudad, Pedro Real, con tacto y profundidad mayores de los que pudieran suponérsele, compró, para que nadie volviese a tocar en él, el piano en que habían tocado aquella noche Sol y Keleffy.[100]

Sonaban por la ciudad alegremente las chirimías, los pífanos y los tambores. Los balcones de la calle de la Victoria eran cestos de rosas, con todas las damas y niñas de la ciudad asomadas a ellos. Por cada bocacalle entraba en la de la Victoria, con su banda de tamborines a la cabeza, una compañía de milicianos. Unos llevaban pantalón blanco de dril, con casaquín de lana perla, cruzado el pecho de anchas correas blancas, con asta plateada. Otros iban de blanco y rojo, blanco el pantalón, la casaca roja. Iban otros más de ciudadano, y aunque menos brillantes, más viriles: llevaban un pantalón de azul oscuro y uno como gabán corto y justo, cerrado con doble hilera de botones de oro, por delante: el sombrero era de fieltro negro de alas anchas, con un

99   Errata en la edición de Quesada y Aróstegui: "serlo".
100   Aquí concluye la sexta entrega de la novela. A partir del párrafo siguiente se inicia la séptima, aparecida el 15 de agosto de 1885 (año 1, no. 20). Esta se publicó en la primera página de ELA.

delgado cordón de oro, que caía con dos bellotas a la espalda. En las esquinas iban las compañías tomando puesto. ¡Qué conmovedoras las banderas rotas! ¡Qué arrogantes, y como sacerdotes, los que las llevaban! Parecían altos aunque no lo fueran. No parecían bien, cerca de aquellos pabellones desgarrados, los banderines de seda y flores de oro en que con letras de realce iban bordados los números de las compañías. ¡Qué correr desalados, el de los muchachos por las calles! Verdad que hasta los hombres mayores, periódico en mano y bastón al aire, corrían. A algunos, se les saltaban las lágrimas. Parecía como que de adentro empujaba alguien a las gentes. Cuando una banda sonaba a distancia, como si estuviera yéndose, los muchachos, aun los más crecidos, corrían tras ella, con la cara angustiada, como si se les fuera la vida. Y los más pequeños, cruzando de un lado para otro, mirados desde los balcones, parecían los granos sueltos de un racimo de uvas. Las nueve serían de la mañana, y el cielo estaba alegre, como si le pareciese bien lo que sucedía en la tierra. Era el día del año señalado para llevar flores a las tumbas de los soldados muertos en defensa de la independencia de la patria. Entre compañía y compañía, iban carros enormes en la procesión, tirados por caballos blancos, y henchidos de tiestos de flores. Allá en el cementerio, había sobre cada tumba clavada una bandera.

¿Qué caballerín, de los elegantes de la ciudad, no estaba aquella mañana, con un ramo de flores en el ojal, saludando a las damas y niñas desde su caballo? Los estudiantes, no, esos no estaban por las calles, aunque en los balcones tenían a sus hermanas y a sus novias: los estudiantes estaban en la procesión, vestidos de negro, y entre admirados y envidiosos de los muertos a quienes iban a visitar, porque éstos, al fin, ya habían muerto en defensa de su patria, pero ellos todavía no: y saludaban a sus hermanas y novias en los balcones, como si se despidieran de ellas. Los estudiantes fueron en masa a honrar a los muertos. Los estudiantes que son el baluarte de la libertad, y su ejército más firme. Las universidades parecen inútiles, pero de allí salen los mártires y los apóstoles. Y en aquella ciudad ¿quién no sabía que cuando había una libertad en peligro, un periódico en amenaza, una urna de sufragio en riesgo, los estudiantes se reunían, vestidos como para fiesta, y descubiertas las cabezas y cogidos del brazo, se iban por las calles pidiendo justicia; o daban tinta a las prensas en un sótano, e imprimían lo que no podían decir; se reunían en la antigua Alameda, cuando en las cátedras querían quebrarles los maestros el decoro, y de un tronco hacían silla para el mejor de entre ellos, que nombraban catedrático, y al amor de los árboles, por entre cuyas ramas parecía el cielo como un sutil bordado, sentado sobre los libros decía con gran entusiasmo sus lecciones; o en silencio, y desafiando la muerte, pálidos como ángeles, juntos como hermanos, entraban por la calle que iba a la casa pública en que habían de depositar sus votos, una vez que el Gobierno no quería que votaran más que sus secuaces, y fueron cayendo uno a uno, sin echarse atrás, los unos sobre los otros, atravesados pechos y cabezas por las balas, que en descargas nutridas desataban sobre ellos los soldados? Aquel día quedó en salvo por maravilla Juan Jerez, porque un tío de Pedro Real desvió el fusil de un soldado que le apuntaba. Por eso, cuando los estudiantes pasaban en la procesión, vestidos de negro, con una flor amarilla en el ojal, los pañuelos de todos los balcones soltábanse al viento, y los hombres se quitaban los sombreros en la calle, como cuando pasaban las banderas; y solían las niñas desprenderse del pecho, y echar sobre los estudiantes, sus ramos de rosas.

En un balcón, con sus dos hermanas mayores y la directora, estaba Sol del Valle. En otro, con un vestido que la hacía parecer como una imagen de plata, una linda imagen pagana, estaba Adela. Más allá, donde Sol y Adela podían verlas, ocupaba un ancho balcón, amparado del sol por un toldo de lona, Lucía con varias personas de la familia de su madre, y Ana. En una silla de manos habían traído a Ana hasta la casa. Muy mala estaba, sin que ella misma lo supiese bien; estaba muy mala. Pero ella quería ver, "con su derecho de artista, aquella fiesta de los colores: a la tierra le faltaba ahora color: ¿verdad, Juan? Mira si no como todo el mundo se viste de negro. Quiero oír música, Lucía: quiero oír mucha música. Quiero ver las banderas al viento". Y allí estaba en el ancho balcón, vestida de blanco, muy abrigada, como si hubiese mucho frío, mirando avariciosamente, como si temiera no volver a ver lo que veía, y sintiendo como dentro del pecho, porque no se las viesen, le estaban cayendo las lágrimas.

Lucía distinguió a Sol, y miró si estaba en el balcón, o dentro, Juan Jerez. Sol, no bien vio a Lucía, no quitó de ella los ojos, para que supiese que estaba allí, y cuando le pareció que Lucía la estaba viendo, la saludó cariñosamente con la mano, a la vez que con la sonrisa y con los ojos. Prefería ella que Lucía la mirase, a que la miraran los jóvenes mejor conocidos en la ciudad, que siempre hallaban manera de detenerse más de lo natural frente a su balcón. A Pedro Real, pagó con un movimiento de cabeza, su humilde saludo, cuando pasó a caballo; y no lo vio con pena, ni con afecto que debiera afligir a doña Andrea, todo lo cual vio Adela desde su balcón, aunque estaba de espaldas. Pero Lucía se había entrado por el alma de Sol, desde la noche en que le pareció sentir goce cuando se clavó en su seno la espina de la rosa. Lucía, ardiente y despótica, sumisa a veces como una enamorada, rígida y frenética enseguida sin causa aparente, y bella entonces como una rosa roja, ejercía, por lo mismo que no lo deseaba, un poderoso influjo en el espíritu de Sol, tímido y nuevo. Era Sol como para que la llevasen en la vida de la mano, más preparada por la naturaleza para que la quisiesen que para querer, feliz por ver que lo eran los que tenía cerca de sí, pero no por especial generosidad, sino por cierta incapacidad suya de ser ni muy venturosa ni muy desdichada. Tenía el encanto de las rosas blancas. Un dueño le era preciso, y Lucía fue su dueña.

Lucía había ido a verla; a buscarla en su coche para que paseasen juntas;

a que fuese a su casa a que la conociera Ana; y Ana la quiso retratar; pero Lucía no quiso "porque ahora Ana estaba fatigada, y la retrataría cuando estuviese más fuerte", lo que, puesto que Lucía lo decía, no pareció mal a Sol. Lucía fue a vestirla una de las noches que iba Sol al teatro, y no fue ella: ¿por qué no iría ella? Juan Jerez tampoco fue esa noche: y por cierto que esa vez Lucía le llevó, para que lo luciese, un collar de perlas: "A mí no me lo conocen, Sol: yo nunca me pongo perla"; pero doña Andrea, que ya había comenzado a dar muestras de una brusquedad y entereza desusadas, tomó a Lucía por las dos manos con que estaba ofreciendo el collar a Sol, que no veía mucho pecado en llevarlo, y mirando a la amiga de su hija en los ojos, y apretando sus manos con cariño a la vez que con firmeza, le dijo con acento que dejaba pocas dudas: "No, mi niña, no", lo que Lucía entendió muy bien, y quedó como olvidado el collar de perlas. A la mañana siguiente, a la hora de que Sol fuese a sus clases, fue Lucía a buscarla para que diesen una vuelta en el coche por cerca del colegio, y le preguntó con ahínco sobresaltado y doloroso, que a quién vio, que quién subió a su palco, que a quién llamó la atención, que dónde estaba Pedro Real: "¡Oh! Pedro Real, tan buen mozo; ¿no te gusta Pedro Real? Yo creo que Pedro Real llamaría la atención en todas partes. Has visto como desde que te conoce no se ocupa de nadie Pedro Real"; pero pronto acabó de hablar de esto Lucía. Quién estaba en el teatro, no le importaba mucho saberlo: Juan no había estado; pero ¿a la salida quién estaba? ¿no recuerdas quién estaba a la salida? ¿Estaba...? y no acababa de preguntar quién había estado. Ni sabía Sol por quién le preguntaba. No: Sol no había visto a nadie. Iba muy contenta. La directora la había tratado con mucho cariño. Sí, Pedro Real había estado; pero no a saludarla: nadie había subido a saludarla. La habían mirado mucho. Decían que el cónsul francés había dicho una cosa muy bonita de ella. Pero al salir, no, no vio a nadie. Sol quería llegar pronto, porque se había quedado triste doña Andrea. Y al llegar en esta conversación al colegio, Lucía besó a Sol con tanta frialdad, que la niña se detuvo un momento mirándola con ojos dolorosos, que no apearon el ceño de su amiga. Y de pronto, por muchos días, cesó Lucía de verla. Sol se había afligido, y doña Andrea no; aunque la ponía orgullosa que le quisiesen a su hija; pero Lucía no: ella no veía nunca con gusto a Lucía. Un día antes de la procesión Lucía había vuelto a la casa de Sol. Que la perdonase. Que Ana estaba muy sola. Que Sol estaba más linda que nunca. "Mira, mañana te mandaré, la camelia más linda que tenga en casa. Yo no te digo que vengas a mi balcón, porque... Yo sé que tú vas al balcón de la directora. Pero mira, vas a estar lindísima; ponte la camelia en la cabeza, a la derecha, para que yo pueda vértela desde mi balcón." Y le tomó las manos, y se las besó; y conforme conversaba con Sol, se pasaba suavemente la mano de ella por su mejilla; y cuando le dijo adiós, la miraba como si supiera que corría algún peligro, y le avisase de él, y cuando fue hacia el coche, ya se le iban desbordando las lágrimas.

—¡Allí está, allí está! dijo como involuntariamente, y reprimiéndose enseguida que lo había dicho, una de las hermanas de Sol, la mayor, la que no
era bella, la que no tenía más que dos ojos muy negros y acariciadores, ex-
presivos y dulces como los de la llama, el animal que muere cuando le hablan con rudeza.

—¿Quién?

—No, no era nadie: Juan Jerez, en el balcón de Lucía.

—Sí, ya lo veo. Lucía está mirando para acá. Y se desprendió, y volvió a
prender,[101] para que Lucía lo notase, y supiera que pensaba en ella. Hermanita, dijo de pronto Sol en voz baja: hermanita, ¿no te parece que Juan Jerez
es muy bueno? Yo quisiera verlo más. Nunca lo he visto cuando he ido a casa de Lucía. Yo no sé qué tiene, pero me parece mejor que todos los demás.
¿Tú crees que él querrá mucho a Lucía?

Hermanita no quería decir nada, hacía como que no oía.

—Juan Jerez iba antes algunas veces a casa, antes de que yo saliese del
colegio; ¿verdad? Cuéntame, tú que lo conoces. Yo sé, que él se va a casar
con Lucía, aunque ella no me habla de él nunca; pero a mí me gusta hablar
de él. A Lucía no me atrevo a preguntarle, como ella no me dice... Él ha sido
muy bueno con mamá, ¿no? ¡La directora lo quiere tanto! Mira, allí vuelve
a pasar Pedro Real: ¡es buen mozo de veras! pero yo le hallo unos ojos extraños, no son tan dulces como los de Juan. No sé; pero el único que me dijo algo la noche de Keleffy, que no se me ha olvidado, fue Juan Jerez.

Hermanita no decía palabra. Se le habían puesto los ojos muy negros y
grandes como para contener algo que se salía a ellos.

Ella, que no miraba hacia el balcón, sentía que Juan Jerez había tenido
puesta buen tiempo su mirada larga y bondadosa en Sol. Juan, que acariciaba los mármoles, que seguía por las calles a los niños descalzos hasta que sabía dónde vivían, que levantaba del suelo las flores pisadas, si no lo veían, y
les peinaba los pétalos y las ponía dónde no pudiesen pisarlas más. De la misma manera, y con aquel deleite honrado que produce en un espíritu fino la
contemplación de la hermosura, había Juan mirado a Sol largamente.

Lucía no estaba allí entonces. ¡Pobre Ana! Cuando ya iban pasando los
últimos soldados, palideció, se le cubrió el rostro de sudor, cerró los ojos, y ca-
lló sobre sus rodillas. La llevaron cargada para adentro, a volverle el sentido.
Parecía una santa, vestida de blanco, con su cara amarilla. Lucía no se aparta de su lado; Ana había vuelto en sí; Lucía había mirado ya muchas veces a
la puerta, como preguntándose dónde estaría Juan. "¿En el balcón? ¡Qué no
esté en el balcón!" Y aún desmayada Ana, por poco no le abandona la mano.

—¡Vete, vete con Juan! le dijo Ana, apenas abrió los ojos, y le notó el tras-
torno: y con la mano y la sonrisa la echaba hacia la puerta suavemente.

—Bueno, bueno, vengo enseguida.

Y fue al balcón derechamente.

101 Así en ELA.

—¡Juan!

—¿Y Ana? ¿Cómo está Ana?

El balcón de la directora estaba ya vacío.

—Ya está bien: ya está bien. ¡Yo no sabía dónde tú estabas!

Y volvemos ahora al pie de la magnolia, cuando ya llevaba días de sucedido todo esto, y Sol estaba en una banqueta a los pies de Lucía, sentada en un sillón de hierro. Ana, con sus caprichos de madre, había querido que le llevasen aquel domingo a Sol. "Es tan buena, Lucía! Tú no tienes que tenerle miedo: tú también eres hermosa. Mira: yo veo a las personas hermosas como si fueran sagradas. Cuando son malas no: me parecen vasos japoneses llenos de fango; pero mientras son buenas, no te rías, me parece, cuando estoy delante de ellas, que soy un monaguillo y que le estoy alzando la cogulla, como en la misa, a un sacerdote. Vamos, tráeme a Sol; ¿pero es de veras que Juan no viene hoy?"

—¡Es de veras! Sí, sí; ahora mismo voy, y te traigo a Sol.

Sol vino, y otras amigas de Ana, mas no Adela. Vivía ya Ana en un sillón de enfermo, porque andar le era penoso, y reclinarse no podía. Ya, como las tardes cuando se está yendo la luz, tenía el rostro a la vez claro y confuso, y todo él como bañado de una dulce bondad. Ni deseos tenía, porque de la tierra deseó poco mientras estuvo en ella, y lo que Ana le hubiera pedido a la tierra, de seguro que en ella no estaba, y tal vez estaría fuera de ella. Ni sentía Ana la muerte, porque no le parecía a ella que fuese muerte aquello que dentro de sí sentía crecientemente, y era como una ascensión. Cosas muy lindas debía ver, conforme se iba muriendo, sin saber que las veía, porque se le reflejaban en el rostro. La frente la tenía como de cera, alta y bruñida, y hundidas las paredes de las sienes. Aquellos ojos eran una plegaria. Tenía fina la nariz, como una línea. Los labios violados y secos, eran como una fuente de perdón. No decía sino caridades. Sola, sí, no quería estar ella. Tampoco se quiere estar solo cuando se va a entrar en un viaje: tampoco, cuando se está en las cercanías de la boda. Es lo desconocido, y se le teme. Se busca la compañía de los que nos aman. Y más que con otras se había encariñado Ana en su enfermedad con Sol, cuya perfecta hermosura lo era más si cabe, por aquel inocente abandono que de todo interés y pensamiento de sí tenía la niña. Y Ana estaba mejor cuando tenía a Sol cogida de la mano, en cuyas horas Lucía, sentada cerca de ellas, era buena.

Dormía Ana en aquellos momentos, cuando en el patio hablaban Lucía y Sol. Hablaban del colegio, que había dado su examen en aquella semana, y dejaba a Sol libre durante dos meses: y a Sol no le gusta mucho enseñar, no, "pero sí me gusta: ¿no ves que así no pasa mamá apuros? ¡Mamá!" Y Sol contaba a Lucía, sin ver que a esta al oírlo se le arrugaba el ceño, cómo inquietaban a doña Andrea los cuidados de Pedro Real, de que no hablaba la señora, porque la niña no se fijase más en él;[102] pero ella no, ella no pensaba en eso.

—No, ¿por qué no?

—No sé: yo no pienso todavía en eso: me gusta, sí, me gusta verle pasear la calle y cuidarse de mí; pero más me gusta venir acá, o que tú vayas a verme, y estar con Ana y contigo. Luego, Pedro Real me da miedo. Cuando me mira, no me parece que me quiere a mí. Yo no sé explicarlo, pero es como si quisiera en mí otra cosa que no soy yo misma. Porque a mí me parece, ¡anda, Lucía, tú puedes decirme de eso! a mí me parece que cuando un hombre nos quiere, debemos como vernos en sus ojos, así como si estuviéramos en ellos, y dos veces que he visto de cerca a Pedro Real, pues no me ha parecido encontrarme en sus ojos. ¿No es verdad, Lucía, que cuando a uno lo quieren le sucede a uno eso?

En la mano de Lucía se encogió de pronto el cabello de Sol con que jugaba.

—¡Ay! me haces daño.

—¿Quieres que vayamos a ver cómo está Ana?

Y ya se estaban poniendo en pie para ir a verla, y arreglándose Sol los cabellos, aquellos cabellos suyos finos, de color castaño con reflejos dorados, cuando a un tiempo se oyeron dos diversos ruidos: uno en el cuarto de Ana, como de mucha gente que se moviera y hablara agitadamente, otro a la puerta de la calle, donde, con aire desembarazado, saltaba un hombre apuesto, de una mula de camino.

—¡Juan! murmuró Lucía, poniéndose más blanca que las camelias.

—¿Juan Jerez? dijo Sol alegrándosele el rostro, y acabando apresuradamente de sujetarse las trenzas.

Lucía, en pie y ceñuda, y con los ojos puestos sobre Sol, a quien turbaba aquel silencio, aguardó apoyada en la silla de hierro, a Juan que, reparando apenas en Sol, venía hacia su prima con las manos tendidas.

—Señorita Sol, ¿qué me le ha hecho a mi Lucía? ¿Por qué no sale a recibirme? ¿para castigarme porque por verte hoy he andado veintidós leguas en mula?

A Lucía se le veían temblar los labios imperceptiblemente, y como crecer los ojos. Su mano se sacudía entre las de Juan, que la miraba con asombro.

Sol hacía como que sobre una mesita un poco alejada arreglaba las flores de un vaso.

—Lucía, ¿qué tienes?

—¡Sol, Lucía, vengan! dijo acercándose a ellas una de sus amigas que salía del cuarto de Ana precipitadamente. Ah, Juan, qué bueno que esté aquí. Ve, Lucía, ve, yo creo que Ana se muere

—¡Ana!

—Sí, mande enseguida por el médico.

Saltó Juan en la mula, y echó a escape. Sol ya estaba al lado de Ana, Lucía miró muy despacio a la puerta de la calle, miró con ira a aquella por don-

---

102 Errata en la edición de Quesada y Aróstegui: "ella".

de había entrado Sol, y se quedó unos momentos de pie, sola, en el patio, los dos brazos caídos y apretados a los costados, fijos los ojos delante de sí tenazmente. Y echó a andar hacia el cuarto de Ana, después de haber mirado a su alrededor a todos los lados, como si temiese.

¡Al campo! ¡al campo! Todos van al campo. Todos, sí, todos. Adela y Pedro Real, Lucía y Juan, y Ana y Sol. Y, por supuesto, las personas mayores que por no influir directamente en los sucesos de esta narración no figuran en ella. ¡Al campo todos!

El médico llegó aquel domingo en momentos en que Ana abría los ojos, que a Sol arrodillada al borde de su cama fue lo primero que vieron.

—¡Ah, tú, Sol! Y Sol le pasaba la mano por la frente, y le apartaba de ella los cabellos húmedos.

Lucía arreglaba las almohadas de manera que Ana pudiera estar como sentada. Sus amigas todas rodeaban la cama, y Ana, sin fuerzas aún para hablar, les pagaba sus miradas de angustia con otras de reconocimiento. Parecía que era dichosa. Sol quiso retirar la mano con que tenía asida la de Ana; pero Ana la retuvo.

—¿Qué ha sido, eh, qué ha sido? Sentí como si todo un edificio se hubiese derrumbado dentro de mí. Ya, ya pasó. Ya estoy bien. Y se le cayó la cabeza al otro lado de las almohadas.

El médico la halló de esta manera, le puso el oído sobre el corazón, abrió de par en par la ventana y las puertas, y aconsejó que sólo quedase junto a ella la persona que ella desease.

Ana, que parecía no oír, abrió los ojos, como si el aire le hubiese hecho bien, y dijo:

—Juan ha llegado, Lucía.

—¿Cómo sabes?

—Vete con Juan, Lucía. Sol, tú te quedas.

Miró Sol a Lucía, como preguntándole; a Lucía, que estaba en pie al lado de la cama, duros los labios y los brazos caídos.

Juan llamaba a la puerta en este instante, y el médico lo entró en el cuarto, de la mano.

—Venga a decirme si no es locura pensar que corre riesgo esta linda niña. Y con los ojos, desdecía el médico sus palabras. Pero es indispensable que la enfermita vea el campo. Es indispensable. No me pregunte Vd. qué remedio necesita, dijo el médico clavando los ojos en Juan. Mucho reposo, mucho aire limpio, mucho olor de árboles. Llévenmela donde haya calor, estos tiempos húmedos pueden hacerle mucho daño. Si mañana mismo pueden Vds. disponer el viaje, sea mañana mismo. Pero, niña, no se me vaya a ir sola. Lleve gente que la quiera, y que la arrope bien por las mañanitas y por las tardes. ¿Y esta señorita? añadió volviéndose a Sol. Y creo que Vd. se me pone buena si lleva consigo a esta señorita.

—Oh, sí, Sol va conmigo; ¿no, Juan?

—Por supuesto, dijo Juan vivamente, pensando con placer en que así se regocijaría Ana, cuya afición a Sol le era ya conocida, y se daría una prueba de estimación a la pobre viuda: por supuesto que la llevamos. Va a ser una gala de los ojos ver ir por un caminito de rosales que yo me sé, cogidas del brazo, a Sol, Ana y Lucía. Lucía, mañana nos vamos. Sol, voy ahora a su casa a pedirle permiso a doña Andrea. ¿Te parece, Lucía, que invitemos a Adela y a Pedro Real? ¡Upa, Ana, upa! Allá tengo unos inditos en el pueblo que te van a dar asunto para un cuadro delicioso. ¿Vamos, doctor? Acarició Juan una mano de Ana, besó la de Lucía, con un beso que la regañaba dulcemente y salió al corredor, hablando como muy contento, con el médico.

Ana llamó a Lucía con una mirada, y así que la tuvo cerca de sí, sin decir palabra, y sonriendo felizmente, trajo sobre su seno con un esfuerzo las manos de Lucía y de Sol, que estaban cada una a un lado de ella, y paseando sus ojos por sobre sus cabezas, como conversándoles, retuvo largo tiempo unidas las manos de ambas niñas bajo las suyas.

Y Sol miró a Lucía de tan linda manera, que no bien Ana se quedó como dormida, se acercó Lucía a Sol, la tomó por el talle cariñosamente, y una vez en su cuarto, empezó a vaciar con ademanes casi febriles sus cajas y gavetas.

—Todo, todo, todo es para ti. Y Sol quería hablar, y ella no la dejaba. Mira, pruébate este sombrero. Yo nunca me lo he puesto. Pruébatelo, pruébatelo. Y éste, y este otro. Esos tres son tuyos. Sí, sí, no me digas que no. Mira, trajes: uno, dos, tres. Este es el más bonito para ti. ¿Oyes? Yo quiero mucho a Pedro Real. Yo quiero que tú quieras a Pedro Real. Que te vea muy bonita. Que te vean siempre más bonita que yo. Pero óyeme, a Juan no me lo quieras. Tú déjame a Juan para mí sola. Enójalo. Trátalo mal. Yo no quiero que tú seas su amiga. ¡No, no me digas nada! sí, es chanza, sí es chanza. ¿Ves? Este vestido malva sí te va a estar bien. A ver, ve qué bien hace con tu pelo castaño. ¿Ves? Es muy nuevo. Tiene el corpiño como un cáliz de flor, un poco recto; no como esos de ahora, que parecen una copa de champaña: muy delgados en la cintura, y muy anchos en los hombros. La saya es lisa; no tiene tablados ni pliegues; cae con el peso de la seda hasta los pies. ¿Ves? a mí me está muy corta. A ti te estará bien. Es un poco ancha, a lo Watteau.[103] ¡Mi pastorcita! ¡mi pastorcita! Yo nunca me la he puesto. ¿Tú sabes? A mí no me gustan los colores claros. ¡Ah! mira: aquí tienes, y escondía algo con las dos manos cerradas detrás de su espalda, aquí tienes, y no te lo vas a quitar nunca, aunque se nos enoje doña Andrea. Cierra, cierra los ojos.

Los cerró Sol venturosa de verse tan querida por su amiga, y cuando los abrió, se vio en el brazo, e hizo por quitarse un gesto que Lucía le detuvo, un brazalete de cuatro aros de perlas margaritas.[104]

103 Antoine Watteau (1684-1721). Gran pintor y grabador francés que se enfrentó al ortodoxo clasicismo de Luis XIV, con el objeto de intensificar la plasticidad de las figuras y la expresividad del color. Puede considerarse un lejano precursor del impresionismo. Autor de obras de asunto campestre e idílico.

104 Las perlas margaritas, generalmente de color gris o blanco aunque en ocasiones pueden presentarse rosáceas o con tonos amarillentos, se originan en moluscos cuya perla madre recibe el nombre científico de *Melagarina margaritina*.

—Sí, sí, es muy rico; pero yo quiero que tú lo tengas. No: nada, nada que me digas: ¿ves? yo tengo aquí otro, de perlas negras. ¡Y nunca, nunca te lo quites! Yo quiero ser muy buena. Y la tomó de las dos manos, y la besó en las dos mejillas apasionadamente. ¡Ven, vamos a ver a Ana!

Y salieron del cuarto, cogidas del talle.

¡Al campo, al campo! doña Andrea no sabe que va Pedro Real; que si lo supiese, no dejaría ir a Sol: aunque a Juan ¿qué le negaría ella? ¡A Juan! Ese, ese era el que ella hubiera querido para Sol. "Bueno, Juan: que no salga al sol mucho." Juan preguntó en vano por la hermana mayor, por Hermanita. Ella estaba en la casa cuando entró él; pero ahora no: estará en casa de alguna vecina. ¡No, Hermanita estaba allí; estaba en el comedor, detrás de las persianas. Ella veía a quien no la veía. "Cierra los ojos, Hermanita, no veas a lo que no debes ver"! Y cuando Juan salió, las persianas se entornaron, como unos ojos que se cierran.

¡Al campo, al campo! Cuatro mulas tiran del carruaje, con collares de plata y cencerro, porque Ana vaya alegre: y las mulas llevan atadas en el anca izquierda unas grandes moñas rojas, que lucen bien sobre su piel negra. El cochero es Pedro Real, que lleva al lado a Adela, en la imperial, Juan y Lucía, adentro, con la gente mayor, que es muy respetable, pero no nos hace falta para el curso de la novela, Ana sentada entre almohadas, muy mejor con el gozo del viaje, con su cuaderno de apuntes en la falda, para copiar lo que le guste del camino, que ya le parece que está buena, y Sol a su lado, con un vestido de sedilla color de ópalo, tranquila y resplandeciente como una estrella.

Pedro Real se mordió el bigote rizado cuando vio que no iba a ser Sol su compañera en el pescante. Y con Adela iba muy cortés. Pero ¿Ana no necesitaría nada? Juan, ¿irá Ana bien? deberíamos bajar. ¡Voy a bajar un momento, a ver si Ana va bien! Bajó muchos momentos. Y las mulas, aunque diestras, más de una vez se iban un poco del camino, como si no estuviese bastante puesto en ellas el pensamiento del cochero.[105]

Era como de seis leguas el camino, y todo él a un lado y otro de tan frondosa vegetación que no había manera de tener los ojos sino en constante regalo y movimiento. Porque allá al fondo era un bosque de cocoteros, o una hilera de palmas lejanas que iba a dar en la garganta de dos montes; ya era, al borde mismo del camino, una pendiente llena de flores azules y amarillas que remataba en un río de espumas blancas, nutrido con las aguas de la sierra, o eran ya a la distancia, imponentes como dos mensajes de la tierra al cielo, dos volcanes dormidos, a cuya falda serpeada por arroyuelos de agua blanca viva y traviesa, se recogían, como siervos azotados a los pies de sus dueños, las ciudades antiguas, desdentadas y rotas, en cuyos balcones de hierro labrado, mantenidos como por milagro sin paredes que los sustentasen sobre las puertas de piedra, crecían en hilos que llegaban hasta el suelo copiosas enredaderas de ipomea.[106] De una iglesia que tuvo los techos pintados, y do-

---

105 Aquí concluye la séptima entrega de la novela. A partir del párrafo siguiente se inicia la octava, aparecida el 1º de septiembre de 1885 (año 2, no. 21). Esta se publicó en la primera página de ELA.

106 Planta de jardín, trepadora, cuyas flores son campanillas de color azul que se abren por la mañana y se cierran al atardecer.

rados de oro fino de lo más viejo de América los capiteles de los pilares, quedaba en pie, como una concha clavada en tierra por el borde, el fondo del altar mayor, cobijado por una media bóveda: un bosquecillo había crecido al amor del altar; la pared interior, cubierta de musgo, le daba desde lejos apariencia de cueva formidable; y era cosa común y sumamente grata ver salir de entre los pedruscos florecidos, al menor ruido de gente o de carruajes, una bandada de palomas. Otra iglesia, de la que no había quedado en pie más que el crucero, tenía el domo completamente verde, y las paredes de un lado rosadas y negras, como los bordes de una herida. Y por el suelo no podía ponerse el pie sin que saltase un arroyo.

Llegaron a los volcanes; pasaron por las ciudades antiguas: más allá iban; y no se detuvieron. Lucía, a la sombra de su quitasol rojo, se sentía como la señora de toda aquella natural grandeza, y como si el mundo entero, de que tenía a los ojos hermosa pintura, no hubiera sido fabricado más que para cantar con sus múltiples lenguas los amores de Lucía Jerez y de su primo. Y se veía ella misma lo interior del cráneo como si estuviese lleno de todas aquellas flores: lo que le sucedía siempre que estaba sola, con Juan Jerez al lado. Adela y Pedro hablaban de formalísimos sucesos, que tenían la virtud de poner a Adela contemplativa y silenciosa, dando a Pedro ocasión para ir callado buena parte del camino, lo cual aprovechaba él en celebrar consigo mismo animados coloquios: y a cada instante era aquello de: "Juan, ¿cómo estará Ana? Bajaré un instante, a ver si se le ofrece algo a Ana". Y Lucía reía, y daba por cosa cierta que, aunque Sol era niña recatada, ya le había dicho que Pedro Real le parecía muy bien, y se la veía que le llevaba en el alma: lo que a Juan no parecía un feliz suceso, aunque prudentemente lo callaba. Adentro del carruaje, la dichosa Sol era toda exclamaciones: jamás, jamás en su vida de huérfana pobre, había visto Sol correr los ríos, vestirse a los bosques fuertes de campanillas moradas y azules, y verdear y florecer los campos. De un color de rosa de coral se le teñían las mejillas, y el ónix de México no tuvo nunca mayor transparencia que la tez fina de Sol, en aquella mañana de ventura en la naturaleza. ¡Ay! la buena Ana sonreía mucho, pero había olvidado levantar de su falda el cuaderno de notas.

Y de pronto sonaron unas músicas; se oscureció el camino como por una sombra grata, y refrenaron las mulas el paso, con gran ruido de hebillas y cencerros. De un salto estaba Pedro a la portezuela del carruaje, al lado de Sol, preguntándole a Ana qué se le ofrecía. Pero aquí bajaron todos, y Sol misma, que se volvió pronto al carruaje, para acompañar a Ana, y animarla a tomar del breve almuerzo que los demás, sentados en torno de una mesa rústica, gustaban con vehemente apetito, sazonado por chistes que el piadoso Juan encabezaba y atraía, porque los oyese Ana desde su asiento en el coche, traído a este propósito cerca de la mesa.

Allí, en las tazas de güiros posadas en trípodes de bejuco recién cortado de las cercanías, hervía la leche que, a juzgar por lo fragante y espumosa, acababa de salir de la vaca de Durham[107] que asomó su cabeza pacífica por uno de los claros de la enredadera. Porque era aquel lugar un lindo parador, techado y emparrado de verdura, puesto allí por los dueños de la finca, para que los visitantes hiciesen de veras, al llegar de la ciudad, su almuerzo a la manera campesina. Allí el queso, que manaba la leche al ser cortado, y sabía ricamente con las tortas de maíz humeantes que servía la indita de saya azul, envueltas en paños blancos. Allí unos huevos duros, o blanquillos, que venían recostados, cada uno en su taza de güiro, sobre una yerba de grata fragancia, que olían como flores. Allí, en la cáscara misma del coco recién partido en dos, la leche de la fruta, con una cucharilla de coco labrado que la desprendía de sus tazas naturales. Y mientras duraba el almuerzo, unos indios, descalzos y en sus trajes de lona, puesto en tierra sus sombreros de palma, tocaban, bajo otro paradorcillo más lejano, dispuesto para ellos, unos aires muy suaves de música de cuerda, que blandamente templada por el aire matinal y la enredadera espesa, llegaba a nuestros alegres caminantes como una caricia. Adela solo reía forzadamente. Violencia tenía que hacerse Sol para no palmotear en el carruaje. Muy feamente arrugó el ceño Lucía una vez que se acercó Juan a la portezuela del lado de Ana, y habló con ella, haciéndola reír, unos minutos: y en cuanto oyó reír a Sol, dejó Lucía su asiento, y se fue ella también a la portezuela. ¡Ea! ¡Ea! ya tocan diana, que es el toque de bienvenida y adiós, los indios habilidosos. La indita de saya azul da a gustar a la vaca mirona una de las tazas de coco abandonada. Al pescante van Pedro y Adela: Lucía, menos contenta, a la imperial con Juan. Y a la casa de la finca, toda blanca, de techo encarnado, se ve a poca distancia. Ana ya va muy pálida; y las mulas, al olor del pesebre, vuelan camino arriba, bajo la bóveda de espesos almendros que llenan la avenida con sus hojas redondas y sus verdes frutas.

Mucha, mucha alegría. Lucía también estaba alegre, aunque no estaba Juan allí. ¿Por qué no estaba Juan?:[108] el pleito de los indios, aunque aquellos eran días de receso en tribunales como en escuelas, le había obligado a volver al pueblecito, si no quería que un gamonal[109] del lugar, que tenía grandes amigos en el Gobierno, hurtase con una razón u otra a los indios la tierra que la energía de Juan había logrado al fin les fuese punto menos que reconocida en el pleito. Los indios habían salido de la iglesia con su música, el domingo antes, apenas se supo que Juan no esperaría el tren del día siguiente; y cuando le trajeron a Juan la mula, vio que la habían adornado toda con estrellas y flores de palma, y que todo el pueblo se venía tras él, y muchos querían acompañarle hasta la ciudad. Una viejita, que venía apoyada en su palo, le trajo un escapulario de la Virgen, y una guapa muchacha, con un hijo a la espalda y otro en brazos, llegó con su marido, que era un bello mancebo, a la

---

107 Raza bovina procedente del condado inglés del mismo nombre, famoso por la cría de ganado.
108 Errata en la edición de Quesada y Aróstegui: "Porque no estaba Juan:".
109 En América, persona que ejerce excesiva influencia respecto a asuntos políticos y administrativos en un pueblo o comarca.

cabeza de la mula, y puso al indito en alto para que le diese la mano al "caballero bueno"; y muchos venían con jarras de miel cubiertas con estera bien atada, u otras ofrendas, como si pudiesen dar para tanto las ancas de la caballería, muy oronda de toda aquella fiesta; y otro viejito, el padre del lugar, mi señor don Mariano, que jamás había bebido de licor alguno, aunque él mismo trabajaba el de sus plantíos propios, llegó, apoyado en sus dos hijos, que eran también como senadores del pueblo, y con los brazos en alto desde que pudo divisar a Juan, y como si hubiera al cabo visto la luz que había esperado en vano toda su vida: "Abrazarlo, decía. ¡Déjenme abrazarlo! ¡Señor, todito este pueblo lo quiere como a su hijo!" De modo que Juan, a quien habían conmovido aquellos cariños, dejó la finca, dos días después de haber llegado a ella, no bien supo que los indios, a pesar de su esfuerzo, corrían peligro de que se les quitase de las manos la posesión temporal que, en espera de la definitiva, había Juan obtenido que el Juez les acordase, —el Juez, que había recibido el día anterior de regalo del gamonal un caballo muy fino.

Mucha, mucha alegría. Lucía misma, que en los dos días que estuvo allí Juan le dio ocasión de extrañeza con unos cambios bruscos de disposición que él no podía explicarse, por ser mayores y menos racionales que los que ya él le conocía, estaba ahora como quien vuelve de una enfermedad.

Era la casa toda de los visitantes, por no estar en ella entonces sus dueños, que eran como de la familia de Juan. Pedro, al anochecer, salía de caza, porque era el tiempo de la de los conejos, por allí abundantísimos. De los que traía muertos en el zurrón no hablaba nunca, porque Ana no se lo había de perdonar, por haber todavía en este mundo almas sencillas que no hallan placer en que se mate, a la entrada misma de la cueva donde tiene a su compañero y a su prole, a los padres animales que han salido a descubrir, para mudarse de casa, algún rincón del bosque rico en yerbas.

Pero los conejos, de puro astutos, suelen caer en las manos del cazador; porque no bien sienten ruido, se hacen los muertos, como para que no los delate el ruido de la fuga, y cierran los ojos, cual si con esto cerrarse el cazador los suyos, quien hace por su parte como que no ve, y echada hacia la espalda la escopeta, por no alarmar al conejo que suele conocerla, se va, mirando a otro lado, sobre la cama del conejo, hasta que de un buen salto le pone el pie encima y así lo coge vivo: una vez cogió tres, muy manso el uno, de un color de humo, que fue para Ana: otro era blanco, al cual halló manera de atarle una cinta azul al cuello, con que lo regaló a Sol; y a Lucía trajo otro, que parecía un rey cautivo, de un castaño muy duro, y de unos ojos fieros que nunca se cerraban, tanto que a los dos días, en que no quiso comer, bajó por primera vez las orejas que había tenido enhiestas, mordió la cadenilla que lo sujetaba, y con ella en los dientes quedó muerto.

Paseos, había pocos. Sin Ana ¿quién había de hacerlos? Con ella, no se podía. Ni Sol dejaba a Ana de buena voluntad; ni Lucía hubiera salido a goce alguno cuando no estaba Juan con ella. Adela, sí, había trabado amistades con una gruesa india que tenía ciertos privilegios en la casa de la finca, y vivía en otra cercana, donde pasaba Adela buena parte del día, platicando de las costumbres de aquella gente con la resuelta Petrona Revolorio: "y no crea la señorita que le converso por servicio, sino porque le he cobrado afición". Era mujer robusta y de muy buen andar, aunque esto lo hacía sobre unos pies tan pequeños que no había modo de que Petrona llegara a ver a "sus niños" sin que le pidieran que los enseñase, lo cual ella hacía como quien no lo quiere hacer, sobre todo cuando estaba delante el niño Pedro. Las manos corrían parejas con los pies, tanto que algunas veces las niñas se las pedían y acariciaban; llevaba una simple saya de listado, y un camisolín de muselina transparente, que le ceñía los hombros y le dejaba desnudos los hermosos brazos y la alta garganta. Era el rostro de facciones graciosas y menudas, de tal modo que la boca, medio abierta en el centro y recogida en dos hoyuelos a los lados, no era en todo más grande que sus ojos. La naricilla, corta y un tanto redonda y vuelta en el extremo, era una picardía. Tenía la frente estrecha, y de ella hacia atrás, en dos bandas no muy lisas, el cabello negro, que en dos trenzas copiosas, veteadas de una cinta roja, llevaba recogida en cerquillo, como una corona, sobre lo alto de la cabeza. Un chal de listado tenía siempre puesto y caído sobre un hombro; y no había quien, cuando remataba una frase que le parecía intencionada, se echase por la espalda con más brío el chal de listado. Luego echaba a correr, riendo y hablando en una jerga que quería ser muy culta y ciudadana; y se iba a preparar a la niña Ana, lo cual lo hacía muy bien, unos tamales de dulce de coco y un chocolatillo claro, que era lo que con más gusto tomaba, por lo limpio y lo nuevo, nuestra linda enferma. Y mientras Ana los gustaba, Petrona Revolorio, con el chal cruzado, se sentaba a sus pies "no por servicio, sino porque le había cobrado afición", y le hacía cuentos.

¿El alba, sin que Petrona Revolorio estuviese a la puerta del cuarto de la niña Ana con su cesta de flores, que ella misma quería ponerle en el vaso y ver con sus propios ojos, cómo seguía la niña?[110] —"¡Mi niñita: mírenla que galana está hoy: se lo voy a decir al niño Pedro que nos dé un baile de convite a las señoras, y vamos a sacarla a bailar con el niño Pedro. ¡Y él sí que es galán también, el niño Pedro! —Mire mi niñita: no le traigo de esos jazminotes blancos, porque los de acá huelen muy fuerte; pero aquí le pongo, en este vaso azul, esos jazmines de San Juan, que acá se dan todo el año y huelen muy bien de noche. Con que, mi niñita, prepárese para el baile, y que le voy a prestar un chal de seda encarnada que yo tengo, que me la va a poner más linda que la misma niña Sol. ¡Cómo está que se muere el niño Pedro por la niña Sol! Pero yo no sé que tiene la niña Adela, que está como aburrida. — ¿Quiere mi niñita los tamales hoy de coco, o de carnecita fresca? Ayer maté

---

110 En la edición de Quesada y Aróstegui, el parlamento a cont. se inicia con guión, comillas y signo de admiración, pero no aparecen los cierres de estos.

un cochito,[111] que está de lo más blando: era el cochito rosado, y la carne está como merengue ¡Jesús, mi niñita, no me diga eso! Si yo me muero por servirla: mire que yo soy como las tacitas de coco, que dicen en letras muy guapas: "yo sirvo a mi dueña". Voy a poner la puerta de mi casa llena de tiestos de flores, y a alquilar a los músicos, el día que mi niñita vaya a verme. ¡Y eso que yo no se lo hago a nadie: "porque no lo hago por servicio, sino porque le he cobrado mucha afición"!

Y Pedro, como que con la ausencia de Juan venía a ser el caballero servidor de las cuatro niñas, ¿qué había de hacer sino estarlas sirviendo, y mucho mejor cuando no estaba cerca Adela, y mejor aún cuando no estaba junto a Ana, que no ponía buenos ojos cuando miraba a la vez a Sol y a Pedro, y mejor que nunca cuando por algún acaso Lucía y Sol estaban solas? Y siempre entonces tenía Lucía algo que hacer, ir de puntillas a ver si seguía durmiendo Ana, ver si habían puesto de beber a los pajaritos azules, preguntar si habían traído la leche fresca que debía tomar Ana al despertarse: siempre tenía Lucía, cuando Pedro y Sol podían quedarse solos, alguna cosa que hacer.

Era el lugar de conversación un colgadizo espacioso, de tablilla bruñida el pavimento: la baranda —como toda la casa, de madera— abierta en tres lados para las tres escalerillas que llevaban al jardín que había al frente de la casa. Estaba el colgadizo siempre en sombra, porque lo vestía de verdor una enredadera copiosísima, esmaltada de trecho en trecho por unos ramos de florecitas rojas. Colgaban del techo, pintado al fresco de unas caprichosas guirnaldas de hojas y flores como las de la enredadera, unos cestos de alambre cubiertos de cera roja, que les hacía parecer de coral, todos llenos de florecillas naturales, brillantes y pequeñas, y a menudo adornados con las hebras de una parásita que crecía sobre los árboles viejos de la finca, y era, por su verde blancuzco y por crecer en hilos, como las canas de aquella arboleda. En los tramos de pared, entre las ventanas interiores, realzadas con unas líneas de vivo encarnado, había unos grandes estudios de flores en madera, pintada con los colores naturales por los artistas del país, con propiedad muy grande: dos de los cuadros eran de magnolia, la una casi abierta, y con cierta hermosura de emperatriz; la otra aún cerrada en su propia rama: y otros dos cuadros eran de las flores pomposas del marpacífico, con sus hojas de rojo encendido, agrupadas de modo que realzase su natural tamaño y hermosura.

Y allí, a la suave sombra, contaba Pedro maravillas y glorias europeas a Ana, que le oía con cariño, —a Adela, que hacía como si no le interesasen, —a Lucía, que pensaba con amorosa cólera en Juan, en Juan, que no debía venir, porque estaba allí Sol, en Juan, que debía venir puesto que estaba Lucía; —y a Sol contaba también aquellas historias, quien sin desagrado ni emoción las escuchaba y con sus hábitos de niña huérfana, azorada a veces de la súbita rudeza que templaba Lucía luego con arrebatos afectuosos, solo se sen-

---

111 Diminutivo de cocho: así se le llama al cerdo en algunas regiones de América.

tía dueña de sí cerca de quien la necesitaba, y ni con Adela, que parecía esquivarla, ni con la misma Lucía, aunque esto le pesaba mucho, tenía ya la naturalidad y abandono que con Ana, con Ana a quien aquellos aires perfumados y calurosos habían vuelto, si no el color al rostro, cierta facilidad a los movimientos y unos como asomos de vida.

Hallaba Pedro con asombro que el atrevimiento desvergonzado y celebración excesiva a que se reduce, casi siempre pagado de prisa y con usura por las mujeres, todo el arte misterioso de los enamoradores, no le eran posibles ante aquella niña recién salida del colegio, que con franca sencillez, y mirándole en los ojos sin temor, decía en alto como materia de general conversación lo que con más privado propósito dejaba Pedro llegar discretamente a su oído. Era la niña de tal hermosura que llevaba consigo, y de sí misma, la majestad que la defiende; y lo usual iba siendo que cuando Lucía encontraba modo de ir a ver si los pajaritos azules tenían agua, o si había llegado la leche fresca, no mudase la conversación entre Sol y Pedro, abierta por lo demás y no muy amena, del asunto en que se estaba antes de que Lucía fuera a ver los pájaros. Ni había cosa que a Lucía pusiese en mayor enojo que hallarlos conversando, cuando volvía, de la caza de ayer, del jabalí en preparación, de las fiestas de cacería en los castillos señoriales de Europa, de la pobre Ana, de los tamales de Petrona Revolorio. Y Pedro, de otras mujeres tan temido, era con la mayor tranquilidad puesto por Sol, ya a que le leyese la *Amalia*[112] de Mármol o la *María*[113] de Jorge Isaacs, que de la ciudad les habían enviado, ya, para unos cobertores de mesa que estaba bordando a la directora, a que devanase el estambre.

—Sí, sí, hoy estaba muy hermosa. Dime, tú, espejo: ¿la querrá Juan? ¿la querrá Juan? ¿Por qué no soy como ella? Me rasgaría las carnes: me abriría con las uñas las mejillas. Cara imbécil, ¿por qué no soy como ella? Hoy estaba muy hermosa. Se le veía la sangre y se le sentía el perfume por debajo de la muselina blanca.

Y se sentaba Lucía, sola en su cuarto en una silla sin espaldar, sin quitarse los vestidos, ya a más de medianoche, y a poco rato se levantaba, se miraba otra vez al espejo, y se sentaba nuevamente, la cara entre las manos, los codos en las rodillas. Luego rompía a hablarse:

—Yo me veo, sí, yo me veo. ¿Qué es lo que tengo, que me parezco fea a mí misma? Y yo no lo soy, pero lo estoy siendo. Juan lo ha de ver; Juan ha de ver que estoy siendo fea. ¡Ay! ¡por qué tengo este miedo! ¿Quién es mejor que Juan en todo el mundo? ¿Cómo no me ha de querer él a mí, si él quiere a todo el que lo quiere? ¿quién, quién lo quiere a él más que yo? Yo me echaría a sus pies. Yo le besaría siempre las manos. Yo le tendría siempre la cabe-

112 Novela del escritor argentino José Mármol (1817-1874), publicada en 1851. La acción de la obra se enmarca durante la tiranía de Juan Manuel de Rosas. Es considerada al igual que María una de las novelas más representativas del romanticismo en América Latina.
113 Novela del escritor colombiano Jorge Isaacs (1837-1895), publicada en 1867. Es una de las obras más leídas de la literatura hispanoamericana. Según el testimonio de varias personas que conocieron a Martí, tanto Amalia como María permanecían en su librero junto a otras creaciones latinoamericanas de su oficina de 120 Front Street, Nueva York, y estaban entre sus volúmenes más preciados.

za apretada sobre mi corazón. ¡Y esto ni se puede decir, esto que yo quisiera hacer! Si yo pudiera hacer esto, él sentiría todo lo que yo lo quiero, y no podría querer a más nadie. ¡Sol! ¡Sol! ¿quién es Sol para quererlo como yo lo quiero? ¡Juan!... ¡Juan!...

Y conteniendo la voz se iba hacia la ventana abierta, y tendía las manos como sin querer, llamando a Juan a quien acababa de escribir sin decirle que viniese.

Empujó violentamente las dos hojas de la ventana, y arrodillándose de repente junto a ella, sacó afuera, como a que el aire se la humedeciese, la cabeza; y la tuvo apoyada algún tiempo sobre el marco, sin que le molestase aquella almohada de madera.

—¡No puede ser! ¡no puede ser! dijo levantándose de pronto: Juan va a quererla. Lo conozco cada vez que la mira. Se sonríe, con un cariño que me vuelve loca. Se le ve, se le ve que tiene placer en mirarla. Y luego ¡esa imbécil es tan buena! No es mentira, no: es buena. ¿Yo misma, yo misma no la quiero? ¡Sí, la quiero, y la odio! ¿Qué sé yo qué es lo que me pasa por la cabeza? ¡Juan, Juan, ven pronto; Juan, Juan, no vengas!

—¿Cómo no ha de quererla Juan? decía la infeliz, entre golpe de lágrimas, a los pocos momentos, siendo aquel llanto de Lucía extraño, porque no venía a raudal y de seguida, aliviando a la que lloraba, sino a borbotones e intervalos, sofocándola y exaltándola, parecido al agua que baja, tropezando entre peñas, por los torrentes. ¿Cómo no ha de quererla Juan, si no hay quien ame lo hermoso más que él, y la Virgen de la Piedad no es tan hermosa como ella? Juan... Juan... decía en voz baja, como para que Juan viniese sin que nadie lo viera; ¡sin que Sol lo viera![114]

—Y si viene... y si la mira... ¡yo, no puedo soportar que la mire!... ¡ni que la mire siquiera! Y si está aquí un mes, dos meses. Y si ella no quiere a Pedro Real, porque no lo quiere, y Ana le dice que no lo quiera. Y ella va a querer a Juan ¿cómo no va a quererlo? ¿Quién no lo quiere desde que lo ve? Ana lo hubiera querido, si no supiese que ya él me quería a mí; ¡porque Ana es buena! Adela lo quiso como una loca; yo bien lo vi, pero él no puede querer a Adela. Y Sol ¿por qué no lo ha de querer? Ella es pobre; él es muy rico. Ella verá que Juan la mira. ¿Qué marido mejor puede tener ella que Juan? Y me lo quitará, me lo quitará si quiere. Yo he visto que me lo quiere quitar. Yo veo cómo se queda oyéndole cuando habla; así me quedaba yo oyéndole cuando era niña. Yo veo que cuando él sale, ella alza la cabeza para seguirle viendo. ¡Y van a estar aquí un mes, dos meses! ella siempre con Ana, todos con Ana siempre. Él recreando los ojos en toda su hermosura. Yo, callada a su lado, con los labios llenos de horrores que no digo, odiosa y fiera. Esto no ha de ser, no ha de ser, no ha de ser.[115] O Sol se va, o yo me iré. Pero ¿cómo me he de ir yo?;[116] ¡qué me lo robe alguien si puede! Y abrió los brazos en la mitad del cuarto, co-

---

114 Aquí concluye la octava entrega de la novela. A partir del párrafo siguiente se inicia la novena (y última), aparecida el 15 de septiembre de 1885 (año 2, no. 22). Esta se publicó en las páginas interiores de ELA.

115 En ELA, a cont.: "O Sol se va. O yo me iré. Pero ¿cómo me he de ir yo? ¡Qué me lo robe alguien si puede!".

116 En la edición de Quesada y Aróstegui, errata a cont.: no abre el signo de admiración.

mo desafiando, y le cayó por las espaldas desatada la cabellera negra.

—¡Qué no se sienten juntos: que yo no lo vea!

Y con los labios apoyados sobre el puño cerrado, quedó dormida en un sillón cerca de la ventana, sombreándole extrañamente el rostro, al agitarse mo-
vida por el aire la cabellera negra.

¿A quién vio la mañana siguiente Lucía, sentado en el colgadizo, con Sol
y con Ana? Venía con paso lento, y como si no hubiera querido venir.

—¡No le diga, no le diga!... a Sol que se levantaba como para avisarle.

Venía Lucía con paso lento, y Ana y Sol que conocían las habitaciones de
la casa, sabían que era ella quien venía. Volvió Sol a su asiento. Juan hizo como que hablaba muy animadamente con Ana y con ella. Lucía llegó a la puerta. Los vio sentados juntos, y como que no la veían. Tembló toda. ¿Entra?
¿Sale? ¡Juan! ¡allí Juan! ¡Juan así! Se clavó los dientes en el labio, y los dejó
clavados en él. Volvió la espalda, se entró por el corredor que iba a su habitación; a Sol que fue corriendo detrás de ella, —: ¡Vete! ¡vete! y entró en su
cuarto, cerrando tras de sí con llave la puerta.

¡A Juan que, suponiéndola apenada, no bien acabó con cuanta prisa pudo su empeño en el pueblo de los indios volvió a la ciudad, y de allí, aprovechando la noche por sorprender a Lucía con la luz de la mañana, emprendió
sin descansar el camino de la finca a caballo y de prisa! ¡A Juan, que con amores muy altos en el alma, consentía, por aquella piedad suya que era la mayor
parte de su amor, en atar sus águilas al caballo de aquella criatura, no tanto
por lo que la amaba él, sin que por eso dejase de amarla, sino por lo que lo
amaba ella! ¡A Juan que, puestos en las nubes del cielo y en los sacrificios de
la tierra sus mejores cariños, no dejaba, sin embargo, por aquella excelente
condición suya, de hacer, pensar u omitir cosa con que él pudiera creer que
sería agradable a su prima Lucía, aunque no tuviese él placer en ella! ¡A Juan
que, joven como era, sentía, por cierto anuncio del dolor que más parece re-
cuerdo de él, como si fuera ya persona muy trabajada y vivida, a quienes las
mujeres, sobre todo en la juventud, parecían[117] encantadores enfermos! ¡a
Juan, que se sentía crecer bajo el pecho, a pesar de lo mozo de sus años, unas
como barbas blancas muy crecidas, y aquellos cariños pacíficos y paternales
que son los únicos que a las barbas blancas convienen! ¡A Juan, que tenía de
su virtud idea tan exaltada como la mujer más pudorosa, y entendía que eran
tan graves como[118] las culpas groseras los adulterios del pensamiento!

¡A Juan, porque, ya después de aquellas cartas extrañas que Lucía le había escrito a la finca sin hablarle de su vuelta, recibirlo de aquel modo, con
aquella mirada, con aquella explosión de cólera, con aquel desdén! ¡Pues
cuándo había cesado de pensar Juan, cuándo, que aquel cariño que con tanta ternura prodigaba, sin fatiga ni traición, sobre su prima, era como una con-
cesión de él, como un agradecimiento de él, como una tentativa, a lo sumo,
de asir en cuerpo y ver con los ojos de la carne las ideas de rostro confuso y

---

117 En ELA, a cont.: "encantadores enfermos: a Juan, que sentía crecer …".
118 En ELA, a cont.: "los adulterios del pensamiento! Nadie ocupa un alma que no le dé la suya
     por entero. Y si la dio antes de tiempo, y se arrepintió luego de darla, pague por sí, con la pri-
     vación de la ventura de toda su vida, y no haga pagar a otro la culpa propia de haber obrado li-
     geramente.". El párrafo siguiente continúa después de punto y seguido.

vestidura de perlas, que cogidas del brazo y con las alas tendidas, le vagaban en giros majestuosos por los espacios de su mente! Pues sin el alma[119] tierna y fina que de propia voluntad suya había supuesto, como natural esencia de un cuerpo de mujer, en su prima Lucía, ¿qué venía a ser Lucía? ¿Qué hombre, que lo sea, ama a una mujer más que por el espíritu puro que supone en ella, o por el que cree ver en sus acciones, y con el que le alivia y levanta el suyo de sus tropiezos y espantos en la vida? Pues una mujer sin ternura ¿qué es sino un vaso de carne, aunque lo hubiese moldeado Cellini,[120] repleto de veneno? Así, en un día, dejan de amar los hombres a la mujer a quien quisieron entrañablemente, cuando un acto claro e inesperado les revela que en aquella alma no existen la dulzura y superioridad con que la invistió su fantasía.[121]

—Estará enferma Lucía. Ana, dile que la saludaré, luego. Voy a ver a Pedro Real. Sol, gracias por lo buena que es Vd. con Ana. Vd. tiene ya fama de hermosa, pero yo le voy a dar fama de buena.

Lucía oyó esto, que hizo que le zumbasen las sienes y le pareciese que caía por tierra: Lucía, que sin ruido había abierto la puerta de su cuarto, y había venido hasta la de la sala, para oír lo que hablaban, en puntillas.

Violentos fueron, a partir de entonces, los días en la finca. Ni Ana misma sabía, puesto que tenía a Sol constantemente a su lado, qué causaba la ira de Lucía. Esta cesó cuando Juan, tomándola a la tarde de la mano, la llevó, mientras que Pedro y Adela buscaban flores de saúco para Ana, a la sombra de un camino de rosales que daba al saucal, y donde había de trecho en trecho unos bancos de piedra, y al lado unos atriles, de piedra también, como para poner un libro. En la mirada y en la voz se conocía a Juan que algo se le había roto en lo interior, y le causaba pena; pero con voz consoladora persuadía a Lucía, quien con pretextos fútiles, que no acertaba Juan a entender ni excusar, ocultaba la razón verdadera de su ira, que ella a la vez quería que Juan adivinase y no supiese: "¡porque si no lo es, y se lo digo, tal vez sea! Y no lo es, no, yo creo ahora que no lo es; pero si no sabe lo que es ¿cómo me va a perdonar?" Y airada ya contra Juan irrevocablemente, como si las nubes que pasan por el cielo del amor fueran sus lienzos funerarios, se levantaron como si hubieran hecho las paces, pero sin alegría.

Pusiéronse en esto los días tan lluviosos, que ni Pedro iba a casa, ni Adela a la de la Revolorio, ni podía Ana salir al colgadizo, ni Sol y Lucía sino estar cerca de ella; ni Juan, fuera de sus horas de leer, que le fatigaban ahora que no estaba contento, tenía modo de estar alejado de la casa. Ni había con justicia para Juan placer más grato, ahora que en Lucía había entrevisto aquel espíritu seco y altanero, que estar cerca de Ana, cuyo espíritu puro con la vecindad de la muerte se esclarecía y afinaba. Y se asombraba Juan, con razón, de haber pasado, libre aún, cerca de aquella criatura que se desvanecía, sin

---

119 En ELA, a cont.: "que de propia voluntad".
120 Benvenuto Cellini (1500-1571). Célebre orfebre, grabador, medallista y escultor florentino cuya creación se considera la cima del manierismo. Trabajó en la corte de Francisco I de Francia. Entre sus obras escultóricas más notables está PERSEO. Dejó constancia de su vida y época en sus famosas MEMORIAS.
121 En ELA: "la dulzura y superioridad con que la invistieron".

rendirle el alma. Esta misma contemplación del espíritu de Ana, cuya cabalidad y belleza entonces más que nunca le absorbían, le apartaron del riesgo, en otra ocasión acaso inevitable, de observar en cuán grata manera iban unidas en Sol, sin extraordinario vuelo de intelecto, la belleza y la ternura.

Con Lucía, no había paces. Lo que no penetraba Ana, ¿cómo lo había de entender Sol? En vano, Sol, aunque ya asustadiza, aprovechando los momentos en que Ana estaba acompañada de Juan o de Pedro y Adela, se iba en busca de Lucía, que hallaba ahora siempre modo de tener largos quehaceres en su cuarto, en el que un día entró Sol casi a la fuerza, y vio a Lucía tan descompuesta que no le pareció que era ella, sino otra en su lugar: en el talle un jirón, los ojos como quemados y encendidos, el rostro todo, como de quien hubiese llorado.[122]

Y ese día Lucía y Juan estaban en paz: ni permitía Juan, por parecerle como indecoro suyo, aquel llevar y traer de cóleras, que le sacaban el alma de la fecunda paz a que por la excelencia de su virtud tenía derecho. Pero ese día, como que Ana se fatigase visiblemente de hablar, y Adela y Pedro estuviesen ensayando al piano una pieza nueva para Ana, Juan, un tanto airado con Lucía que se le mostraba dura, habló con Sol muy largamente, y se animó en ello, al ver el interés con que la enferma oía de labios de Juan la historia de Mignon, y a propósito de ella, la vida de Goethe. No era ésta para muy aplaudida, del lado de que Juan la encaminaba entonces, y tan hermosas cosas fue diciendo, con aquel arrebatado lenguaje suyo, que se le encendía y le rebosaba en cuanto sentía cerca de sí almas puras, que Pedro y Adela, ya un tanto reconciliados, vinieron discretamente a oír aquel nuevo género de música, no señalada por el artificio de la composición ni pedantesca pompa, sino que con los ricos colores de la naturaleza salía a caudales de un espíritu ingenuo, a modo de confesiones oprimidas. Lucía se levantaba, se mostraba muy solícita para Ana, interrumpía a Juan melosamente. Salía como con despecho. Entraba como ya iracunda. Se sentaba, como si quisiera domarse. "Sol, ¿habrán puesto agua a los pájaros?" Y Sol fue, y habían puesto agua. "Sol, ¿habrán traído la leche fresca para Ana?" Y Sol fue, y habían traído la leche fresca para Ana. Hasta que, al fin, salió Lucía, y no volvió más: Sol la halló luego, con los ojos secos y el talle desgarrado.

Y aquello crecía. Hoy era una dureza para Sol. Otra mañana. A la tarde otra mayor. La niña, por Ana y por Juan, no las decía. Juan, apenas bajaba. Lucía, con grandes esfuerzos, lograba apenas, convertido en odio aparente todo el cariño que por Juan sentía, disimularlo de modo que no fuese apercibido.[123] ¿Quién había de achacar a Sol tanta mudanza, a Sol cuya pacífica belleza en el campo se completaba y esparcía, pues era como si la vertiese en torno suyo, y por donde ella anduviese fueran, como sus sombras, la fuerza y la energía? ¿A Sol, que sobre todos levantaba sus ojos limpios, grandes y sencillos, sin que en alguno se detuviesen más que en otro; con Lucía, siempre

---

122 En ELA: punto y seguido.
123 En ELA: "disimularlo de modo que no se apercibiera".

tierna; para Ana, una hermanita; con Pedro, jovial y buena; con Juan, como agradecida y respetuosa? Pero ese era su pecado: sus ojos grandes, limpios y sencillos, que cada vez que se levantaban, ya sobre Juan, ya sobre otros donde Juan pudiese verlos, se entraban como garfios envenenados por el corazón celoso de Lucía; y aquella hermosura suya, serena y decorosa, que sin encanto no se podía ver, como la de una noche clara.

Hasta que una noche,
—No, Sol, no: quédate aquí.
—¿Ana, adónde vas? ¿Qué tienes, Ana? ¿Salir tú del cuarto a estas horas? ¡Ana! ¡Ana!
—Déjame, niña, déjame. Hoy, yo tengo fuerzas. Llévame hasta la mitad del corredor.
—¿Del corredor?
—Sí: voy al cuarto de Lucía.
—Pues bueno, yo te llevo.
—No, mi niña, no. Se sentó un momento, con Sol a sus pies, le abrazó la cabeza, y la besó en la frente. Nada le dijo, porque nada debía decirle. Y se levantó, del brazo de ella.
—Es que sé lo que tiene triste a Lucía. Déjame ir. De ningún modo vayas. Es por el bien de todos.
Fue, tocó, entró.
—¡Ana!
Ana, casi lívida y tendiendo los brazos para no caer en tierra, estaba de pie, en la puerta del cuarto oscuro, vestida de blanco.
—Cierra, cierra.
Se habló mucho, se oyeron gemidos, como de un pecho que se vacía, se lloró mucho.
Allá a la madrugada, la puerta se abría, Lucía quería ir con Ana.
—No, no, quiero llevarte; ¿cómo has de ir sola si no puedes tenerte en pie? Sol estará despierta todavía. Yo quiero ver a Sol ahora mismo.
—¡Loca! ¡Hasta cuándo eres buena, loca! A Juan, sí, en cuanto lo veas mañana, que será delante de mí, bésale la mano a Juan. A Sol, que no sepa nunca lo que te ha pasado por la mente. Vamos: acompáñame hasta la mitad del corredor.
—¡Mi Ana, madrecita mía, mi madrecita!
Y lloró Lucía aquella mañana, como se llora cuando se es dichoso.

¡Fiesta, fiesta! El médico lo ha dicho; el médico, que vino desde la ciudad a ver a la enferma, y halló que pensaba bien Petrona Revolorio. ¡Fiesta de flores para Ana!
¡Todos los músicos de las cercanías! ¡Telegramas a los sinsontes! ¡Reca-

dos a los amarillos! ¡Mensajeros por toda la comarca, a que venga toda la ca-
nora pajarería! Ana, ya se sabe de Ana: ¡Aquí no está bien, y debe ir adonde
está bien! Pero es buena idea esa de Petrona Revolorio, y la enferma quiere
que se dé un baile que haga famosa la finca. Petrona, por supuesto, no estará
en la sala, ni ese es el baile que debía dar el niño Pedro Real; pero ella estará
donde la pueda ver su niñita Ana, y mandarle todo lo que necesite, porque
"ella baila con ver bailar, y lo que hace no lo hace por servicio, sino porque
ha cobrado mucha afición". Ya está tan contenta como si fuese la señora. Tiene un jarrón de China, que hubo quién sabe en qué lances, y ya lo trajo, para que adorne la fiesta; pero quiere que esté donde lo vea la niña Ana.

¡Ahora sí que ha empezado la temporada en la finca! Andar, bien, andar, Ana no puede; pero Petrona la acompaña mucho y Sol, siempre que van
Juan y Lucía a pasear por la hacienda, porque entonces ¡qué casualidad! entonces siempre necesita Ana de Sol.

El médico vino, después de aquella noche. El baile lo quiere Ana para
sacudir los espíritus, para expulsar de las almas suspicaces la pena pasada, para que con el roce solitario no se enconen heridas aún abiertas, para que viendo a Lucía tierna y afable torne de nuevo, la seguridad en el alma de Juan
alarmado,[124] para que Lucía vea frente a frente a Sol en la hora de un triunfo, y como Ana le hablará antes a Juan, Lucía no tiemble. ¡Ana se va, y ya lo
sabe!: ella no quiere el baile para sí, sino para otros.

¡Qué semana, la semana del baile! Pedro ha ido a la ciudad. Lucía quiso
por un momento que fuera Juan, hasta que la miró Ana.

—¡Oh, no, Juan! tú no te vayas.

Una tristeza había en los ojos de Juan Jerez, que acaso ya nada haría de-
saparecer: la tristeza de cuando en lo interior hay algo roto, alguna creencia
muerta, alguna visión ausente, algún ala caída. Mas se notó en los ojos de Juan
una dulce mirada, y no como de que se alegraba él por sí, sino por placer de
ver tierna a Lucía. ¡Son tan desventurados los que no son tiernos!

De la ciudad vendría lo mejor; para eso iba Pedro. ¿Quién no quería ale-
grar a Ana? Y ver a Sol del Valle, que estaba ahora más hermosa que nunca
¿quién no querría? Carruajes, los tenían casi todos los amigos de la casa. El
camino, salvo el tramo de las ciudades antiguas, era llano. Allí habría caba-
llerías para ayuda o repuesto. Cerca de la casa, como a dos cuadras de ella,
aderezaron para caballerizas dos grandes caserones de madera, construidos
años atrás para experimentos de una industria que al fin no dio fruto. Pedro,
antes de salir, había encargado que por todas las calles del jardín que había
frente a la casa, pusieran unas columnas, como media vara más altas que un
hombre, que habían de estar todas forradas de aquella parásita del bosque,
sembrada acá y allá de flores azules; y sobre los capiteles, se pondrían unos
elegantes cestos, vestidos de guías de enredadera y llenos de rosas. Las luces

124 En ELA: "Lucía tierna y afable torne de nuevo en el alma de Juan alarmado".

vendrían de donde no se viesen, ya en el jardín, ya en la casa; y estaba en camino Mr. Sherman, el americano de la luz eléctrica, para que la hubiese bien viva y abundante: los globos se esconderían entre cestos de rosas. De jazmines, margaritas y lirios iban a vestirle a Ana, sin que ella lo supiese, el sillón en que debía sentarse en la fiesta. Con una hoja de palma, puesta a un lado de los marcos y encorvada en ondulación graciosa por la punta en el otro, vistieron los indios todas las puertas y ventanas, y hubo modo de añadir a las enredaderas del colgadizo otras parecidas por un buen trecho a ambos lados de las tres entradas, en cada uno de cuyos peldaños, como por toda esquina visible del colgadizo o de las salas, pusieron grandes vasos japoneses y chinos, con plantas americanas. En las paredes del salón como desusada maravilla, colgó Juan cuatro platos castellanos, de los que los conquistadores españoles embutían en las torres. Era por dentro la casa blanca, como por fuera, y toda ella, salvo el colgadizo, tenía el piso cubierto por una alfombra espesa como de un negro dorado, que no llegaba nunca a negro, con dibujos menudos y fantásticos, de los que el del ancho borde no era el menos rico, rescatando la gravedad y monotonía que le hubiera venido sin ellos de aquella masa de color oscuro.

¡Gentes, carruajes, caballos! Pedro y Juan jinetean sin cesar toda la tarde, de la casa al parador, y de éste a aquella. En las ciudades antiguas donde aún hay alegres posadas, y cierto indio que sabe francés, han comido casi todos los invitados. A las ocho de la noche empieza el baile. Toda la noche ha de durar. Al alba, el desayuno va a ser en el parador. ¡Oh qué tamales, de las especies más diversas, tiene dispuestos Petrona Revolorio! esta tarde, cuando los hizo, se puso el chal de seda. Ana no ha visto su sillón de flores. ¿Adónde ha de estar Adela, sino por el jardín correteando, enseñando cuanto sabe, a la cabeza de un tropel de flores, de flores de ojos negros?

¿Y Lucía? Lucía está en el cuarto de Ana, vistiendo ella misma a Sol. Ella, se vestirá luego. ¡A Sol, primero! —Mírala, Ana, mírala. Yo me muero de celos. ¿Ves? el brazo en encajes. Toma; ¡te lo beso! ¡Qué bueno es querer! Dime, Ana, aquí está el brazo, y aquí está la pulsera de perlas: ¿cuáles son las perlas? Y ¿de qué iba vestida Sol? De muselina; de una muselina de un blanco un poco oscuro y transparente, el seno abierto apenas, dejando ver la garganta sin adorno; y la falda[125] casi oculta por unos encajes muy finos de Malinas[126] que de su madre tenía Ana.

—Y la cabeza ¿cómo te vas a peinar por fin? Yo misma quiero peinarte.

—No, Lucía, yo no quiero. No vas a tener tiempo. Ahora voy a ayudarte yo. Yo no voy a peinarme. Mira; me recojo el cabello, así como lo tengo siempre, y me pongo ¿te acuerdas? como en el día de la procesión, me pongo una camelia.

Y Lucía, como alocada, hacía que no la oía. Le deshacía el peinado, le re-

125   En ELA a cont.: "más que de muselina, de unos encajes muy finos de Malines...".
126   En ELA: "Malines". En OC: "Malinos". Lo correcto es "Malinas", pues los famosos encajes bordados a mano procedían de la ciudad de Malinas (Bélgica), situada a orillas del río Dyle.

cogía el cabello a la manera que decía. —¿Así? ¿No? Un poco más alto, que no te cubra el cuello. ¡Ah! ¿y las camelias?... ¿Esas son? ¡Qué lindas son! ¡qué lindas son! Y la segunda vez dijo esto más despacio y lentamente como si las fuerzas le faltaran y se le fuera el alma en ello.

—¿De veras que te gustan tanto? ¿Qué flores te vas a poner tú?

Lucía, como confusa:

—Tú sabes: yo nunca me pongo flores.

—Bueno: pues si es verdad que ya no estás enojada conmigo, ¿qué te hice yo para que te pusieras enojada? si es verdad que ya no estás enojada, ponte hoy mis camelias.

—¡Yo, camelias!

—Sí, mis camelias. Mira, aquí están: yo misma te las llevo a tu cuarto. ¿Quieres?

—¡Oh! si se pusiera toda aquella hermosura de Sol la que se pusiese sus camelias. ¿Quién, quién llegaría nunca a ser tan hermosa como Sol? ¡Qué lindas, qué lindas, son esas camelias! Pero tú, ¿qué flores te vas a poner?

—Yo, mira: Petrona me trajo unas margaritas esta mañana, estas margaritas.

¡Gentes, caballos, carruajes! Las cinco, las seis, las siete. Ya está lleno de gente el colgadizo.

Caballeros y niñas vienen ya del brazo, de las habitaciones interiores. Carruajes y caballos se detienen a la puerta del fondo, de la que por un corredor alfombrado, con grabados sencillos adornadas las paredes, se va a la vez a los cuartos interiores que abren a un lado y a otro, y a la sala. Ya desde él, al apearse del carruaje se ve la entrada de la sala, donde hay un doble recodo para poner dos otomanas, como si hubiese allí ahora un bosquecillo de palmas y flores. En un cuarto dejan las señoras sus abrigos y enseres, y pasan a otro a reparar del viaje sus vestidos, o a cambiarlos algunas por los que han enviado de antemano. A otro cuarto entran a aliñarse y dejar sus armas los que han venido a caballo. Una panoplia de armas indias, clavada a un lado de la puerta de los caballeros, les indica su cuarto. Un gran lazo de cintas de colores y un abanico de plumas medio abierto sobre la pared, revelan a las señoras los suyos.

Ya suenan gratas músicas, que los indios de aquellas cercanías, colocados en los extremos del colgadizo, arrancan a sus instrumentos de cuerdas.[127] Del jardín vienen los concurrentes; del cuarto de las señoras salen; Ana llega del brazo de Juan. "Juan, ¿quién ha sido? ¿para mí ese sillón de flores?" No la rodean mucho; se sabe que no deben hablarle. Y ¿Lucía que no viene? Ella vendrá enseguida. ¿Y Sol? ¿Dónde está Sol? Dicen que llega. Los jóvenes se precipitan a la puerta. No viene aún. Se está inquieto. Se valsa. Sol viene al fin: viene, sin haberla visto, de llamar al cuarto de Lucía. "¡Voy! ¡Ya estoy! Así responde Lucía de adentro con una voz ahogada. No oye Sol los cum-

---

127 En ELA, a cont.: "Del jardín vienen; del cuarto de las señoras salen; Ana llega del brazo de Juan".

plimientos que le dicen: no ve la sala que se encorva a su paso: no sabe que la escultura no dio mejor modelo que su cabeza adornada de margaritas, no nota que, sin ser alta, todas parecen bajas cerca de ella. Camina como quien va lanzando claridades, hacia Juan camina:

—Juan ¡Lucía no quiere abrirme! Yo creo que le pasa algo. La criada me dice que se ha vestido tres o cuatro veces, y ha vuelto a desvestirse, y a despeinarse, y se ha echado sobre la cama, desesperada, lastimándose la cara y llorando. Después despidió a la criada, y se quedó vistiéndose sola. ¡Juan! ¡vaya a ver qué tiene!

En este instante, estaban Juan y Sol, de pie en medio de la sala, y otras parejas, pasando, en espera de que rompiese el baile, alrededor de ellas.

—¡Allí viene! ¡allí viene! dijo Juan, que tenía a Sol del brazo, señalando hacia el fondo del corredor, por donde a lo lejos venía al fin Lucía. Lucía, toda de negro. A punto que pasaba por frente a la puerta del cuarto de vestir, interrumpiendo el paso a un indio, que sacaba en las manos cuidadosamente, por orden que le había dado Juan,[128] una cesta cargada de armas, vio viniendo hacia ella del brazo, solos, en plena luz de plata, en mitad del bosquecillo de flores que había a la entrada de la sala, a Juan y a Sol, a la hermosísima pareja.[129] Se afirmó sobre sus pies como si se clavase en el piso. "¡Espera! ¡Espera!" dijo al indio. Dejó a Juan y a Sol adelantarse un poco por el corredor estrecho, y cuando les tenía como a unos doce pasos de distancia, de una terrible sacudida de la cabeza desató sobre su espalda la cabellera: "¡Cállate, cállate!" le dijo al indio, mientras haciendo como que miraba adentro, ponía la mano tremenda en la[130] cesta; y cuando Sol se desprendía del brazo de Juan y venía a ella con los brazos abiertos...

¡Fuego! Y con un tiro en la mitad del pecho, vaciló Sol, palpando el aire con las manos, como una paloma que aletea, y a los pies de Juan horrorizado, cayó muerta.

—¡Jesús, Jesús! ¡Jesús! Y retorciéndose y desgarrándose los vestidos, Lucía se echó en el suelo, y se arrastró hasta Sol de rodillas, y se mesaba los cabellos con las manos quemadas, y besaba a Juan los pies; a Juan, a quien Pedro Real, para que no cayese, sostenía en su brazo. ¡Para Sol, para Sol, aún después de muerta, todos los cuidados! ¡Todos sobre ella! ¡Todos queriendo darle su vida! ¡El corredor lleno de mujeres que lloraban! ¡A ella, nadie se acercaba a ella!

—¡Jesús! ¡Jesús! Entró Lucía por la puerta del cuarto de vestir de las señoras, huyendo, hasta que dio en la sala, por donde Ana cruzaba medio muerta, de los brazos de Adela y de Petrona Revolorio, y exhalando un alarido, cayó, sintiendo un beso, entre los brazos de Ana.

---

128 En ELA, a cont.: "una bandeja de pistolas", sustituido por "una cesta cargada de armas".
129 En ELA: "Se echó hacia atrás", por la oración que está a cont.
130 En ELA, a cont.: "bandeja"

Bibliografía*

I. Ediciones de la obra de Martí y de Lucía Jerez

Obras del Maestro. Ed. Gonzalo de Quesada y Aróstegui. Leipzig: Breik-
    topf und Haertel, 1900-1919. 15 vols.

Obras de Martí. Ed. Gonzalo de Quesada y Miranda. La Habana: Trópi-
    co, 1936-1953. 74 vols.

Obras completas. La Habana: Nacional, 1963-1973. 28 vols.

Epistolario. Eds. Luis García Pascual y Enrique H. Moreno Plá. La Haba-
    na: Ciencias Sociales, 1993. 5 vols.

Versos libres. Ed. Ivan A. Schulman. Barcelona: Labor, 1970.

Lucía Jerez. Ed. Manuel Pedro González. Madrid: Gredos, 1969.

Lucía Jerez. Ed. Carlos Javier Morales. Madrid: Cátedra, 1994.

Lucía Jerez o Amistad funesta. Ed. Mauricio Núñez Rodríguez. La Ha-
    bana: Letras Cubanas, 1997.

Lucía Jerez. Ed. Mauricio Núñez Rodríguez. La Habana: Centro de Estu-
    dios Martianos, 2000.

Lucía Jerez. Ed. Mauricio Núñez Rodríguez. Guatemala: Letra Negra,
    2001.

---

*   Esta es una bibliografía selecta. Para una selección más completa, v. la edición de Lucía Jerez
     de Mauricio Núñez Rodríguez.

II. Estudios sobre Lucía Jerez

Alzuga, Florinda. "El modernismo en Amistad funesta de José Martí". Actas del X Congreso de la Asociación Internacional de Hispanistas. Barcelona: PPU, 1992. 389-98.

Anderson Imbert, Enrique. "La prosa poética de José Martí. A propósito de Amistad funesta". Memoria del Congreso de Escritores Martianos. La Habana: 1953. 570-616.

Barquet, Jesús J. "Revelación y enmascaramiento de la personalidad de José Martí en Amistad funesta". La Chispa '83: Selected Proceedings. Nueva Orleans: Tulane University, 1983. 35-43.

Cruz, Jaqueline. "Esclava vencedora: la mujer en la obra literaria de José Martí". Hispania V (1992): 30-37.

Fernández Retamar, Roberto. "Periodismo. ¿Realismo? Literatura factual". "Nuestra América": cien años y otros acercamientos a Martí. La Habana: Si-Mar, 1995. 16-18.

García Marruz, Fina. "Amistad funesta". Temas martianos. La Habana: Biblioteca Nacional José Martí, 1969. 282-91.

Gomáriz, José. "Las metamorfosis del poeta e intelectual ante la modernidad en Lucía Jerez. José Martí: historia y literatura ante el fin del siglo XIX. Alicante: Universidad de Alicante y Casa de las Américas, 1997. 179-99.

Gullón Ricardo. "Marti, novelista". Insula 428-429 (1982): 1, 17.

López-Baralt, Mercedes. "José Martí, ¿Novelista? Modernismo y modernidad en Lucía Jerez". Revista de Estudios Hispánicos 12 (1985): 137-45.

Masiello, Francine. "Melodrama, sex, and nation in Latin America's fin de siglo". The Places of History, Regionalism Revisited in Latin America. Ed. D. Sommer. Durham: Duke University Press, 1999. 134-43.

Núñez Rodríguez, Mauricio. "Prólogo". José Martí, Lucía Jerez. La Habana: Centro de Estudios Martianos, 2001 5-41.

Schulman, Ivan A. Relecturas martianas: narración y nación. Amsterdam: Rodopi, 1994.

Tamargo, Maribel. "Amistad funesta: una teoría del personaje novelesco". Sacramento: Explicación de textos literarios 10 (1) 1981. 117-23.

Torres-Pou, Joan. "Las amistades peligrosas de José Martí: aspectos de la representación de lo femenino en Amistad funesta". Hispanófila 108 (1993): 45-57.

Zanetti, Susana. "Lucía Jerez en el marco de la novela moderna hispanoamericana". José Martí 1895/1995. Literatura-política-filosofía-estética. Frankfurt: Vervuert Verlag, 1994. 181-96,

Thank you for acquiring

Lucía Jerez

This book is part of the
Stockcero Spanish & Latin American Studies Library Program.
It was brought back to print following the request of at least one hundred interested readers –many belonging to the North American teaching community– who seek a better insight on the culture roots of Hispanic America.

To complete the full circle and get a better understanding about the actual needs of our readers, we would appreciate if you could be so kind as to spare some time and register your purchase at:
http://www.stockcero.com/bookregister.htm

The Stockcero Mission:
To enhance the understanding of Latin American issues in North America, while promoting the role of books as culture vectors

The Stockcero Spanish & Latin American Studies Library Goal:
To bring back into print those books that the Teaching Community considers necessary for an in depth understanding of the Latin American societies and their culture, with special emphasis on history, economy, politics and literature.

Program mechanics:
- Publishing priorities are assigned through a ranking system, based on the number of nominations received by each title listed in our databases
- Registered Users may nominate as many titles as they consider fit
- Reaching 5 votes the title enters a daily updated ranking list
- Upon reaching the 100 votes the title is brought back into print

You may find more information about the Stockcero Programs by visiting www.stockcero.com

Printed in the United States
47681LVS00008B/235-237

9 789871 136322